HISTORIETAS
HJALMAR SÖDERBERG

Coleção
Norte-Sul

ABOIO

HISTORIETAS
HJALMAR SÖDERBERG

Tradução
Guilherme da Silva Braga

O desenho a nanquim	11
O sonho com a eternidade	14
O sacramento da eucaristia	19
Sra. Wetzmann	24
O casaco de pele	34
O padre da igreja Papiniano	41
Vox populi	47
A sombra	51
Spleen	55
Uma xícara de chá	61
A alcachofra	67
História verídica	72
O salário do pecado	80
O chuvisco	85
O professor de história	89
O escriturário	94
O bobo	97
Pesadelo	102
Matar	107
Um cachorro sem dono	113

APRESENTAÇÃO

por Guilherme da Silva Braga

Certos livros aparentam ser mais longos do que são. No caso deste *Historietas*, o que se verifica é o oposto: um brevíssimo número de páginas consegue abarcar nada menos do que *vinte* histórias saídas da pena do sueco Hjalmar Söderberg.

Nascido em 1869 na capital Estocolmo, após terminar os estudos e ingressar na universidade de Uppsala sem dar continuidade à carreira acadêmica, Söderberg trabalhou por um tempo na alfândega da Suécia e posteriormente deu início a uma carreira de crítico e resenhista, escrevendo para diversos jornais do país. Em 1895, estreou com o romance *Förvillelser,* e a partir de então dedicou o restante da vida à literatura. Nos anos a seguir, viria a publicar uma série de obras, dentre as quais – para além deste *Historietas* – destacam-se títulos como *Martin Bircks ungdom, Doktor Glas*[1] e

---

1   *Doktor Glas* foi publicado no Brasil sob o título *Doutor Glas* em 2014 pela editora Arte e Letra em tradução minha. Quanto aos demais títulos mencionados no parágrafo, todos

Den allvarsamma leken. Também atuou como tradutor de figuras literárias de grande envergadura, como Anatole France, Alfred de Musset, Guy de Maupassant e Heinrich Heine, entre outros.

*

Publicada em 1898, a edição sueca de *Historietas* reuniu textos de Söderberg anteriormente publicados de forma avulsa em revistas e periódicos. Nessas breves narrativas, que versam sobre os mais variados temas, uma das presenças recorrentes é o narrador *flâneur* que se encontra – nas palavras de Bo Bergman, amigo próximo do autor – "na situação de um observador *nonchalant,* irônico ou melancólico".

Apesar do *spleen* que em dados momentos evidencia o caráter *fin de siècle* dos textos que compõem a obra, boa parte das narrativas presentes em *Historietas* parece ainda hoje relevante devido à atualidade de uma significativa parcela dos temas abordados: a hipocrisia de líderes religiosos ("Padre da igreja Papiniano"), o falso moralismo reacionário *("Vox populi",* que faz referência aos debates suscitados na Suécia em razão da escultura de Per Hasselberg intitulada *L'Aïeul* ou *Farfadern),*

---

permanecem inéditos no país.

o abuso brutal de poder nas relações de trabalho ("Sra. Wetzmann") e aquilo que hoje seria descrito como *bullying* escolar ("O bobo"). Outras histórias, como "Pesadelo" e "Um cachorro sem dono", foram descritas pelo autor como poemas em prosa. E, assim como acontece na poesia, a escrita de Söderberg em mais de uma ocasião resiste de maneira enérgica a qualquer tentativa de interpretação que pretenda reduzir a força literária dessas historietas a uma explicação simples e fácil. É o que se verifica por exemplo em "O desenho a nanquim", que parece sugerir ao leitor que não se relacione com obras de arte como se estas fossem meras charadas complexas para as quais existiriam respostas corretas. Pelo contrário: se apesar dos mais de cem anos passados desde a publicação original na Suécia este *Historietas* ainda consegue falar a nós, é justamente porque a ambiguidade fértil e a multiplicidade interpretativa dos textos que compõem o volume permitiram que a obra atravessasse o tempo e a geografia para fazer sentido hoje em nosso canto do mundo.

O DESENHO A NANQUIM

Em um certo dia de abril há muitos anos, na época em que eu ainda me perguntava sobre o sentido da vida, entrei numa pequena tabacaria em uma ruela para comprar um charuto. Escolhi um El Zolo escuro e anguloso, enfiei-o no meu estojo, paguei e me preparei para ir embora. Porém no mesmo instante me ocorreu mostrar à moça que cuidava da loja onde eu tinha o hábito de comprar meus charutos um pequeno desenho a nanquim que por acaso estava na minha carteira. Tinha sido presente de um jovem artista, e na minha opinião era muito bonito.

– Veja – eu disse, estendendo o papel. – O que você acha disso?

Ela pegou o desenho na mão com um interesse curioso e o examinou por muito tempo e muito de perto. Virou-o em várias direções e estampou no rosto uma expressão forçada de esforço intelectual.

– Afinal, o que significa isso? – perguntou enfim com um olhar ávido por saber.

Fiquei um pouco surpreso.

– Não significa nada em especial – respondi. – É só uma paisagem. Aqui está o chão e aqui está o céu, e aqui tem uma estrada... Uma estrada comum...

– Ora, isso eu percebi – bufou ela num tom bastante inamistoso; – mas eu queria saber o que significa.

Fiquei desconcertado e confuso; eu nunca tinha pensado que aquilo pudesse significar alguma coisa. Porém a atitude dela permaneceu irredutível; estaria mesmo convencida de que o desenho era uma espécie de "onde está o gato"? Por que outro motivo eu o teria mostrado? Por fim ela pôs o desenho contra a luz, no vidro da janela. Provavelmente em outra ocasião alguém lhe havia mostrado um tipo bastante peculiar de carta, que sob uma iluminação comum estampa um nove de ouro ou um valete de espada, mas que, quando segurada contra a luz, revela uma figura indecente.

Mas a tentativa não deu nenhum resultado. Ela me devolveu o desenho e eu me preparei para ir embora. Nesse instante a pobre garota ficou muito ruborizada e exclamou com uma voz chorosa:

– Que vergonha! É muita maldade do senhor me fazer assim de boba. Sei muito bem que sou uma moça pobre, e que não tive oportunidade de ir muito longe nos estudos; mas nem por isso o senhor precisa me fazer de boba. O senhor não pode me dizer o que esse desenho significa?

O que eu poderia responder? Eu teria dado muita coisa para dizer o que o desenho significava; mas não havia como, porque não significava nada!

Ah, muitos anos se passaram. Hoje fumo outros charutos e os compro em outra tabacaria, e não me pergunto mais sobre o sentido da vida; mas não por acreditar que eu o tenha encontrado.

O SONHO COM A ETERNIDADE

Ainda no início da minha juventude, dominava-me a convicção absoluta de que eu tinha uma alma imortal. A meu ver, tratava-se de uma dádiva sagrada e preciosa, que me enchia de felicidade e orgulho.

Com frequência eu dizia de mim para comigo:

– A vida que vivo não passa de um sonho escuro e confuso. Um dia vou acordar para outro sonho, mais próximo da realidade e mais pleno de sentido do que esse. Desse novo sonho vou acordar para um terceiro e depois para um quarto, e cada novo sonho há de estar mais próximo da realidade que o anterior. Essa aproximação da realidade é o próprio sentido da vida, uma tarefa rica e profunda.

Na alegria de saber que minha alma imortal era proprietária de um capital que não podia ser perdido no jogo e tampouco entregue em notas promissórias, eu levava uma vida desregrada e esbanjava como um príncipe – tanto o que eu tinha como também o que eu não tinha.

Porém certo entardecer eu me encontrava com meus companheiros num salão espaçoso, que reluzia com remates dourados e lâmpadas elétricas e de cujo assoalho erguia-se um leve cheiro de podridão. Duas moças de rosto pintado e uma senhora com as rugas cheias de pó dançavam num palco, acompanhadas pelo vinho da orquestra, pelos gritos dos homens e pelo barulho de copos quebrados. Observávamos essas mulheres, bebíamos à farta e conversávamos sobre a imortalidade da alma.

– É um disparate pensar que uma alma imortal seria uma dádiva – disparou um dos meus companheiros, mais velho que eu. – Olhem para essa velha que dança no palco, com mãos que tremem assim que ela para um instante sequer! Não resta dúvida de que essa mulher é feia, miserável e totalmente inútil, e que esses problemas não fazem mais do que se agravar à medida que o tempo passa. Seria ridículo imaginar que ela tem uma alma imortal! Porém o mesmo se passa comigo, com você e com todos nós. Seria uma piada de extremo mau gosto conceder-nos a eternidade!

– O que me desagrada nesse discurso – respondi – não é que você negue a imortalidade da alma, mas que sinta prazer ao negá-la. As pessoas são como crianças que brincam num jardim rodeado por um muro alto. De vez em quando um portão se abre, e uma das crianças some por esse portão. As crianças então dizem umas para as outras que aquele colega foi para outro jardim, maior e mais bonito do que este: todos escutam durante um instante de silêncio, porém logo tornam a brincar em meio às flores. Imagine agora que um dos meninos seja mais curioso do que os outros e resolva subir no muro para descobrir aonde foram os colegas; e que, ao descer, conte para as demais crianças o que viu: no outro lado do muro há um gigante que devora as crianças levadas para fora. E todas vão ser levadas para fora do portão, uma por uma! Você é esse menino, Martin; e para mim é ridículo que você conte o que viu não tomado pelo desespero, mas feliz e orgulhoso de saber mais que os outros.

– Essa moça mais nova é muito bonita – respondeu Martin.

– Ser aniquilado é terrível, mas estar acima da aniquilação também é terrível – disse outro amigo meu.

Martin deu continuidade ao raciocínio anterior:

– Pois é – ele disse. – O ideal seria encontrar um meio-termo. Cinge os teus lombos, levanta-te e procura o meio-termo entre o tempo e a eternidade! Quem encontrar uma coisa dessas pode fundar uma nova religião, pois há de ter em mãos a melhor isca já encontrada por um pescador de homens.

A orquestra encerrou o número com um estrondo. Os remates dourados no salão pareciam mais opacos em meio à fumaça do tabaco, e das frestas no assoalho continuava a se erguer um leve cheiro de podridão.

Despedimo-nos e logo cada um tomou seu caminho. Comecei a vagar de um lado para o outro e entrei por ruas que eu não conhecia e que jamais tornei a ver desde então – ruas estranhas e desertas, onde as casas pareciam abrir os portões para me receber, a despeito do rumo de meus passos, e a seguir pareciam fechá-los novamente às minhas costas. Eu não sabia onde estava, mas por fim cheguei ao portão da casa onde eu morava. Estava aberto. Entrei e subi a escada. Ainda na escada, parei junto a uma das janelas e olhei para a lua; eu não havia percebido que era uma noite de luar.

Mesmo assim, nunca mais tornei a ver a lua como a vi naquele instante. Não se poderia dizer que brilhava. A lua estava pálida e cinzenta, e parecia grande demais. Passei um longo tempo a observá-la, por mais que estivesse terrivelmente cansado e quisesse muito dormir.

Eu morava no terceiro piso. Quando cheguei ao patamar do segundo, agradeci a Deus por saber que restava apenas mais um. Mas, quando subi o último lance de escada, ocorreu-me que o corredor não estava escuro, como em geral se encontrava, porém levemente iluminado, como as janelas da escada. Mas havia somente três pisos naquela casa, além do sótão; e por esse motivo o corredor do terceiro estava sempre às escuras.

– O alçapão do sótão deve estar aberto – eu disse. – A luz deve estar vindo do sótão. Mas é inadmissível que a criadagem deixe o alçapão aberto, porque assim os ladrões podem entrar!

Porém não havia alçapão. Era apenas um lance de escada comum, a exemplo dos outros.

Eu havia portanto contado mal; ainda restava subir mais um lance.

Mas, quando cheguei ao patamar desse novo lance e pude ver o corredor, precisei me conter para não soltar um grito. Pois aquele corredor também estava iluminado, e mais uma vez não havia alçapão nenhum – apenas um novo lance de escada, que mais uma vez subia, como tinha acabado de acontecer. E pela janela da escada a lua continuava a brilhar, cinzenta e opaca, parecendo grande demais.

Subi a escada correndo. Eu não conseguia mais pensar. Cambaleei por mais um lance, e depois mais um; eu já não os contava.

Eu queria gritar, queria acordar aquela casa maldita e ver pessoas ao meu redor; mas era como se houvesse um nó em minha garganta.

De repente pensei em ler os nomes afixados nas portas. Que tipo de pessoas seriam os ocupantes daquela Torre de Babel? O luar era demasiado fraco, e assim precisei acender um fósforo e segurá-lo junto à placa de latão.

Li o nome de um dos meus amigos, já falecido.

Nessa hora a minha língua soltou-se e comecei a gritar:

– Socorro! Socorro! Socorro!

Esse grito foi a minha salvação, pois me acordou desse terrível sonho com a eternidade.

O SACRAMENTO DA EUCARISTIA

Eu ainda era quase um menino quando tudo se passou.

Foi num entardecer ventoso de outono, a bordo de um dos barcos do arquipélago. Ainda não tínhamos deixado a zona rural, e assim eu precisava fazer essas viagens em razão da escola. Eu tinha sido preguiçoso como de costume, e assim teria que prestar exames em duas matérias para avançar de ano.

Fiquei andando de um lado para o outro no convés em pleno lusco-fusco, com a gola virada para cima e as mãos no bolso do paletó, enquanto pensava no meu desempenho escolar. Eu tinha quase certeza de que seria reprovado. Quando me inclinei por cima da amurada e vi a espuma branca enquanto os faróis a bombordo projetavam reflexos verdes na água preta, senti-me tentado a pular na água. Pelo menos assim o professor de matemática sentiria remorso por ser tão mesquinho – ah, mas já era tarde demais...

Com o passar do tempo o convés tornou-se cada vez mais frio, e quando achei que eu já havia congelado por tempo suficiente desci à sala aquecida na coberta.

Ainda posso ver o ambiente repleto de calor e conforto que se ofereceu aos meus olhos quando abri a porta. A luminária de teto balançava-se lentamente de um lado para o outro, como um pêndulo. Em cima da mesa fumegavam quatro *toddies* preparados com uísque e quatro charutos em brasa; e, sentados à mesa, quatro senhores contavam histórias indecentes. Reconheci todos como vizinhos da nossa casa de veraneio: eram um diretor de firma, um velho pastor, um ator estreante e um comerciante de botões. Cumprimentei-os com uma mesura e me sentei num canto. Eu tinha um sentimento vago de que a minha presença naquele local talvez parecesse inadequada; por outro lado, seria um exagero pedir que eu voltasse ao convés para ficar exposto ao frio e ao vento quando havia lugares sobrando na coberta. Ademais, eu sabia muito bem que poderia fazer contribuições ao entretenimento na medida do necessário.

Os quatro senhores me encararam com certa frieza, e a seguir fez-se uma pausa. Eu tinha dezesseis anos e tinha acabado de fazer o ensino confirmatório. Já me disseram que na época eu tinha uma aparência ingênua e inocente.

Mesmo assim, a pausa não durou muito tempo. Mais uns goles de *toddy*, mais umas baforadas de charuto e logo a conversa voltou com toda a força. Um detalhe, no entanto, chamou-me a atenção: eu já tinha ouvido todas as histórias contadas em diversas ocasiões, e todas me pareciam bastante simplórias. As histórias indecentes, como todos sabem, podem ser divididas em dois grandes grupos; um concentra-se nos detalhes relativos ao processo digestivo e a todas as circunstâncias que o acompanham, enquanto o outro – bem mais frequente – ocupa-se acima de tudo com as mulheres. O primeiro grupo eu e os meus colegas já havíamos deixado para trás fazia um bom tempo; e assim fui surpreendido ao ver que aqueles senhores maduros dedicavam-lhe o mais vivo interesse, enquanto o segundo grupo, bem mais interessante, era relegado ao silêncio. Eu não conseguia entender. Seria aquela uma estranha forma de consideração para comigo? Escusado seria mencionar o quanto essa suspeita foi motivo de irritação para mim. A animação na coberta havia me contagiado e despertado o meu entusiasmo, e assim decidi pôr um fim àquela puerilidade.

– Tio – eu disse quase sem dar por mim durante o silêncio ao fim de uma história tão inocente que apenas o pastor havia dado risada. – O senhor se lembra daquela história que o capitão contou anteontem?

"Tio" era o diretor de firma; ele era um amigo do meu pai.

Logo prossegui sem me fazer de rogado:

– Foi a história mais engraçada que eu ouvi em toda a minha vida. O senhor devia contá-la!

Quatro pares de olhos estupefatos fixaram-se em mim, e logo sobreveio um silêncio doloroso. No mesmo instante eu me arrependi daquele rompante.

O diretor de firma quebrou o gelo com uma risadinha descontraída, que não era mais do que um eco vago dos verdadeiros trovões que haviam ribombado dias antes, quando o capitão tinha contado a história.

– Hihi... essa não é nada má...

Logo ele se pôs a contar. Era uma história bastante apimentada a respeito de uma mulher.

O ator estreante a princípio tentou esconder os sentimentos sob a máscara habitual de seriedade e dignidade, enquanto o comerciante de botões, um bode velho que havia encanecido no pecado, encarou-me com um certo interesse furtivo, no qual parecia haver um sentimento de maior consideração pela minha pessoa.

Mas, quando a anedota começou a tomar o caminho esperado, de repente o pastor, um senhor bondoso de expressão devota e pueril no rosto bem-escanhoado, interveio:

– Desculpe-me por interromper, caro irmão, mas... – ele se virou um pouco no assento, para dirigir-se a mim. – Que idade tem esse rapaz? Ele já fez o ensino confirmatório... já participou da eucaristia?

Senti o meu rosto enrubescer. Eu tinha esquecido que havia um pastor em nossa companhia.

– J-já – balbuciei com a voz quase inaudível. – Eu fiz o ensino confirmatório nesse inverno.

– Muito bem – disse o velho pastor enquanto remexia o copo de *toddy*. E a seguir acrescentou, com uma voz que graças aos quarenta anos de vocação como intermediário entre Deus e o mundo era marcada pelos tons suaves da paciência e da tolerância:

– Prossiga, caro irmão. Desculpe-me por interromper.

SRA. WETZMANN

Esta é uma história triste e brutal. Escutei-a mais de uma vez na minha infância, sempre com espanto e terror.

Numa das ruas laterais há uma antiga casa de fachada simples e cinzenta. Depois de atravessar um grande portão em arco já sem nenhum adorno – embora ainda reste um ano e talvez duas guirlandas de frutas –, você chega a um jardim apertado com pedras irregulares, a um poço de pedra onde o sol nunca brilha. Uma antiga tília de galhos podados, casca escurecida e folhagem escassa em razão da idade se ergue num dos cantos; a árvore tem a idade da casa – na verdade até mais –, e é o lugar preferido das crianças e gatos que moram por lá.

Outrora aquela era a casa de Wetzmann, o limpador de chaminés.

Dizem que Wetzmann era um sujeito muito discreto. Teve sucesso na vida e acumulou uma grande fortuna. Era bom para com os pobres e duro com os ajudantes – pois esse era o costume, e quiçá também o necessário – e bebia *toddy* no porão todas as noites, pois a situação em casa era complicada.

A esposa também era dura com os ajudantes, porém era não boa para com os pobres ou quem quer que fosse. Ela havia trabalhado na criadagem da casa de Wetzmann antes de tornar-se a segunda esposa do limpador de chaminés. Na época, a Inveja e a Luxúria figuravam como os pecados capitais mais próximos de sua natureza; mas atualmente eram a Ira e a Soberba.

Ela era uma mulher grande e corpulenta, e dizem que na juventude fora bonita.

O filho Fredrik era raquítico e pálido. Ele nasceu durante o primeiro casamento, e diziam que se parecia com a mãe. Fredrik tinha bom juízo e boa consciência, e estudava para ser pastor. Tinha acabado de começar os estudos quando sucumbiu a uma longa e grave doença, e assim passou o inverno todo acamado.

Em outra ala da casa uma governanta morava com a filha Magda. Será que o nome dela era realmente Magda? Não sei, mas era assim que eu a chamava quando pensava sozinho – quando durante a minha infância eu ouvia os velhos falarem a respeito dela num entardecer qualquer de inverno, já no lusco-fusco; e naquelas horas eu imaginava um rostinho de menina pálido e tímido, rodeado por cabelos longos e claros, e também uma boquinha vermelha. Ela tinha quinze anos e havia acabado de fazer o ensino confirmatório. Talvez justamente por causa do ensino confirmatório eu sempre a imaginasse séria e quieta, como as meninas que eu costumava ver aos domingos na igreja, e sempre a imaginasse trajada com um longo vestido preto.

Quando na primavera o estudante começou a dar sinais de melhora, a filha da governanta, a pedido do próprio, começou a sentar-se ao lado da cama durante as tardes para ler em voz alta.

A sra. Wetzmann não gostou nem um pouco disso. Tinha receio de que pudesse surgir uma afinidade. O enteado podia se apaixonar e até mesmo noivar com quem bem entendesse, pois isso não lhe dizia respeito; mas que pelo menos não fosse com a filha de uma governanta! Ela passou a observar Magda com desconfiança, mas não pôde fazer mais nada. Afinal, o convalescente precisava se distrair de uma forma ou de outra; e o médico o havia proibido de ler sozinho, porque tinha vista fraca e não podia fazer esforço.

Assim, Magda sentava-se ao lado da cama dele e lia em voz alta – tanto livros espirituais como livros mundanos; e o estudante permanecia na cama, pálido e fraco, enquanto ouvia a voz dela, observava-a e comprazia-se com aquela companhia.

Ela tinha uma boca muito vermelha.

Os dois tinham praticamente a mesma idade – ele não tinha mais do que dezessete ou dezoito anos – e por muitas vezes haviam brincado juntos ainda em criança. Logo os dois passaram a ter certa intimidade.

Sempre que possível a sra. Wetzmann encontrava um pretexto para entrar no quarto do doente e ver como estavam as coisas por lá. As duas crianças devem ter percebido e assim passaram a tomar cuidado; mas nem sempre as pessoas agem de caso pensado. Certo dia, quando abriu cautelosamente a porta, a sra. Wetzmann deparou-se com a seguinte cena: Magda havia deixado a cadeira, que tinha sido posta a uma certa distância da cama, e estava inclinada por cima da cabeceira, abraçada ao pescoço do rapaz. Ele tinha o cotovelo apoiado no travesseiro e afagava os cabelos dela com a mão pálida enquanto ambos trocavam beijos ardentes. De vez em quando um dos dois sussurrava uma palavra interrompida sem nenhum sentido.

O rosto da sra. Wetzmann ficou vermelho-sangue. Por outro lado, ela não pôde deixar de rir por dentro: afinal, não era justamente o que havia antecipado? Mesmo assim, seria necessário pôr um fim àquilo. A Ira e a Soberba ganharam força, expandiram-se e brilharam na pele e nos olhos da mulher, que faiscavam; e quem poderia dizer – enquanto mantinha-se despercebida e em silêncio a observar os jovens, que não tinham olhos nem ouvidos a não ser um para o outro – quem poderia dizer que a Inveja e a Luxúria em segredo também não haveriam deixado o refúgio secreto e tangido as cordas ocultas daquela alma?

De repente a sra. Wetzmann não pôde mais se aguentar: aproximou-se às pressas da cama, agarrou o pulso fino da menina com mão de ferro, chamou-a de um nome insultuoso e logo a empurrou porta afora com uma torrente das mais terríveis acusações. Depois, na presença da criadagem e dos aprendizes, fez um juramento impressionante, segundo o qual a jovem, se um dia voltasse a pisar naquela casa, levaria uma surra tão grande que não conseguiria mexer sequer um dedo por duas semanas.

Ninguém pôs esse juramento em dúvida.

O doente não fez nenhuma reprimenda à madrasta. Toda vez que ela passava em frente ao quarto ele virava o rosto em direção à parede; não queria vê-la nem falar com ela depois do episódio com Magda. Mas um dia ele revelou ao pai, numa conversa de homem para homem, que não poderia continuar a viver a não ser que pudesse casar-se com Magda. O velho limpador de chaminés reagiu com surpresa e irritação, mas não se atreveu a fazer oposição imediata ao pedido: o filho era a única pessoa de quem gostava e a única pessoa que lhe retribuía a ternura, e ele não conseguia suportar a ideia de perdê-lo.

O limpador de chaminés deixou o assunto para mais tarde e compartilhou uma parte desses temores com a esposa.

*

Como posso descrever o que aconteceu a seguir? Parece um sonho ruim ou um conto de fadas para assustar as crianças malcomportadas, mas assim mesmo é uma história real.

Tudo se passou numa tarde de sábado em maio.

A casa estava quieta, e a rua, silenciosa. Talvez uma voz solitária cantarolasse uma melodia na janela da cozinha, ou talvez as crianças brincassem no beco... O doente estava sozinho no quarto. Ele contava as horas e os minutos. Era primavera. Logo seria verão. Será que nunca mais sairia do quarto, nunca mais ouviria a floresta sussurrar e cantar, nunca mais ocuparia os dias com momentos de atividade intercalados a momentos de repouso? Quanto a Magda... Se ao menos ele não continuasse a vê-la em pensamento com o pavor e o desespero no olhar, como no instante em que a madrasta lhe havia agarrado o pulso! Ela não precisava ter medo. Aquela mulher cruel na verdade não teria coragem de fazer-lhe mal nenhum, porque sabia que ele queria desposá-la.

E assim Fredrik passa os dias a sonhar, ora acordado, ora adormecido, e deixa as pupilas absorverem a nesga de sol que bate na porta branca; e, ao fechar os olhos, vê um arquipélago de ilhas verdes e venenosas, rodeadas por um mar totalmente preto. Com os olhos ainda fechados, as ilhas tornam-se azuis, e o mar preto clareia até ganhar um matiz arroxeado com bordas escuras, e de repente tudo fica preto...

Fredrik sente uma mão leve na testa e se põe sentado na cama.

É Magda. Magda está diante dele, pequena e frágil com um sorriso na boquinha vermelha, e larga um buquê de flores da primavera em cima do edredom. São anêmonas, flores de amendoeira e violetas.

Seria mesmo verdade? Seria ela?

– Como você teve coragem? – ele pergunta num sussurro.

– A sua madrasta não está por aqui – ela responde. – Eu acabei de vê-la, e ela estava vestida para sair. Ouvi dizer que ela faria uma viagem ao Sul, e que deve passar um bom tempo fora. E então subi a escada e vim fazer uma visita a você.

Ela passa um longo tempo com ele e fala sobre a floresta, onde esteve sozinha para ouvir o canto dos pássaros e colher flores para o seu amor. Os dois se beijam sempre que possível e trocam carícias feito duas crianças, e sentem-se felizes enquanto as horas passam e a nesga de sol que bate na porta branca torna-se dourada e vermelha e por fim enfraquece e some.

– Você talvez devesse ir embora – diz Fredrik. – Ela pode voltar em seguida. O que vou fazer se ela bater em você, eu, que estou doente e fraco e sinto vertigem assim que me levanto da cama? Você talvez devesse ir embora!

– Eu não tenho medo – responde Magda.

Pois ela quer de fato mostrar que tem apreço por ele, e que está a disposta a sofrer pelo amor que sente.

Apenas com a chegada do crepúsculo Magda o beija pela última vez e esgueira-se para fora da casa. No jardim, detém-se por um instante e olha para a janela do quarto onde Fredrik permanece deitado com violetas e flores de amendoeira em cima do edredom. Quando se vira para entrar no quartinho da outra ala, Magda dá de cara com a sra. Wetzmann e solta um gritinho.

Não há mais ninguém na casa, ninguém além das duas. Ao redor, as paredes encaram a ambas na penumbra com janelas vazias e pretas, enquanto a velha tília se balança no canto.

– Você esteve lá em cima – diz a sra. Wetzmann.

Ainda em criança, eu sempre imaginei que ela teria sorrido ao dizer essas palavras, e que os dentes haveriam brilhado no escuro.

– Sim, eu fiz uma visita a ele – Magda talvez haja respondido em tom de desafio, sem perder a compostura apesar do medo.

O que aconteceu depois? Ninguém sabe ao certo, mas uma caçada parece ter começado no pátio. Ao pé da tília, a menina tropeçou e caiu. Ela não se atreveu a gritar por ajuda, pois quem haveria de ouvi-la? Ademais, quem haveria de ajudá-la? A mãe dela estava trabalhando. Aquela mulher enfurecida logo a alcançou; no meio-tempo, tinha arranjado um porrete – um cabo de vassoura ou coisa parecida –, e logo os golpes começaram a vir, um após o outro. A seguir vieram dois gritos abafados de uma garganta apertada pelo terror da morte, e depois silêncio.

Dois aprendizes que tinham acabado de chegar de volta à casa observaram a cena junto do portão, mas não mexeram um dedo para ajudar a pobre criança. Talvez não tivessem coragem; ou talvez nutrissem a vaga esperança de ver a senhora da casa ser levada embora no carro de prisioneiros. Quando tornou a entrar após ter exercido o direito de senhora da casa – pois devia sentir instintivamente que tinha esse direito sobre todos, e estava sempre mais do que disposta a exercê-lo –, a sra. Wetzmann tropeçou em uma coisa macia na escada. Logo chamou uma das criadas e pediu que lhe trouxesse uma vela, pois estava demasiado escuro lá em cima. Era Fredrik. Ele tinha ouvido os gritos débeis, pulado da cama e caído da escada.

*

Por três dias Magda viveu; depois morreu e foi enterrada.

O sr. Wetzmann pagou uma soma em dinheiro à governanta, mãe de Magda, e não houve julgamento. Mesmo assim, foi um duro golpe para o velho limpador de chaminés. Ele já não ia mais ao porão beber *toddy*, mas passava a maior parte do tempo sentado em casa, numa poltrona de couro, folheando uma Bíblia antiga. Tornou-se um homem quieto e pensativo, e não se passou sequer um ano até que também estivesse morto e enterrado.

O filho Fredrik aos poucos convalesceu; porém nunca concluiu o exame de ordenação e nunca se tornou pastor, uma vez que tanto o entendimento como a memória haviam se enfraquecido. Com frequência viam-no ir com flores ao túmulo de Magda; ele andava inclinado para frente, com passos muito ligeiros, praticamente correndo, como se tivesse um assunto urgente a resolver, e não raro levava consigo dois ou três livros debaixo do braço. Por fim ele perdeu o juízo.

E quanto à sra. Wetzmann? Ela parece ter sido uma mulher forte. Existem pessoas a quem, embora não sejam alienadas, jamais ocorre a ideia de que possam ter feito qualquer coisa de errado. Pode ser que um sujeito de botões reluzentes no casaco bata-lhe no ombro e peça que o acompanhem; nessa hora a consciência desperta. Mas ninguém procurou a sra. Wetzmann. Ela internou o enteado numa instituição assim que ele se tornou um incômodo demasiado grande em casa e passou um período de luto após o falecimento do marido, como de praxe, e depois tornou a se casar. Quando chegou à igreja no dia do casamento, ela usava uma blusa de seda violeta bordada com alamares dourados e mostrava-se "enfeitada para diacho" – foi o que disse a minha avó, sentada na janela de casa enquanto observava todo aquele esplendor e folheava um livro religioso.

O CASACO DE PELE

Fazia um inverno muito rigoroso naquele ano. As pessoas se encolhiam de frio e ficavam menores, a não ser as que tinham casacos de pele.

O magistrado Richardt tinha um grande casaco de pele. O casaco era quase parte das obrigações profissionais, pois ele trabalhava como diretor executivo de uma companhia recém-estabelecida. Porém o doutor Henck, amigo de longa data, não tinha casaco de pele: em vez disso, tinha uma bela esposa e três filhos. O doutor Henck era magro e pálido. Certas pessoas engordam depois do casamento, outras emagrecem. O doutor Henck tinha emagrecido; e então chegou a véspera de Natal.

– Tive um ano ruim – disse o doutor Henck de si para si quando, às três da tarde na véspera de Natal, no instante em que a noite começava a cair, dirigia-se à casa do velho amigo John Richardt para tomar um empréstimo. – Tive um ano muito ruim. Minha saúde está frágil, para não dizer arruinada. Meus pacientes, por outro lado, estão vendendo saúde; tenho-os visto muito pouco nos últimos tempos. Acho que logo vou morrer.

E percebi que a minha esposa compartilha dessa opinião. Nesse caso, seria bastante desejável que acontecesse antes do fim de janeiro, quando vence o maldito seguro de vida.

Quando chegou a esse ponto do raciocínio, o doutor Henck encontrava-se na esquina da Regeringsgatan com a Hamngatan. Quando ia atravessar o cruzamento para continuar descendo a Regeringsgatan, escorregou no rastro liso deixado por um trenó e caiu, e no mesmo instante apareceu um trenó puxado a cavalo a toda velocidade. O cocheiro praguejou e o cavalo desviou instintivamente para o lado, porém mesmo assim uma das lâminas do trenó acertou o ombro do doutor Henck, e como se não bastasse um parafuso ou um prego enganchou-se no sobretudo e o rasgou. As pessoas juntaram-se ao redor. Um policial ajudou-o a se levantar, uma jovem limpou a neve que o cobria, uma senhora fez um gesto em direção ao sobretudo esfarrapado de maneira a indicar que gostaria de tê-lo costurado no local se pudesse e um príncipe da família real que por acaso passava tirou a touca e colocou-a na cabeça do doutor Henck, e assim tudo ficou bem, a não ser pelo sobretudo.

– Você está com uma aparência péssima, Gustav – disse o magistrado Richardt quando Henck apareceu no escritório.

– É, eu fui atropelado – disse Henck.

– Essas coisas só acontecem com você – disse Richardt com uma risada amistosa. – Mas você não pode voltar para casa nesse estado. Leve o meu casaco de pele emprestado que eu mando um mensageiro buscar o meu sobretudo em casa.

– Obrigado – disse o doutor Henck.

E, depois de tomar emprestadas as cem coroas de que precisava, acrescentou:

– Você vai ser muito bem-vindo na nossa ceia de hoje.

Richardt era solteiro e costumava passar a noite de Natal na casa da família Henck.

A caminho de casa, Henck sentiu um bem-estar que por muito tempo não havia sentido.

– É por causa do casaco de pele – disse de si para si. – Se eu fosse esperto, há muito tempo teria comprado um casaco de pele a crédito. O casaco teria aumentado a minha autoestima e me feito mais importante aos olhos dos outros. Um médico com um casaco de pele recebe honorários mais altos do que um médico com um sobretudo puído. Pena que não pensei nisso antes. Agora é tarde demais.

Henck andou por um tempo no Kungträds-gården. Já estava escuro, tinha começado a nevar outra vez e os conhecidos que encontrava pelo caminho não o reconheciam.

– Mas quem disse que é tarde demais? – continuou Henck, falando sozinho. – Eu ainda não sou velho e posso ter me enganado a respeito da minha saúde. Sou pobre como uma raposa na floresta; mas não faz muito tempo que John

Richardt também era. Minha esposa tem sido fria e inamistosa comigo nesses últimos tempos. Sem dúvida voltaria a me amar se eu ganhasse mais dinheiro e andasse por aí com um casaco de pele. Tive a impressão de que ela passou a gostar mais de John depois que ele comprou o casaco. Ela tinha uma certa queda por ele quando ainda era menina, porém John nunca a cortejou; pelo contrário, disse para ela e para quem quisesse ouvir que nunca se atreveria a casar ganhando menos de dez mil coroas por ano. Mas eu tive coragem, e Ellen era uma moça pobre e casadeira. Não acho que estivesse apaixonada por mim a ponto de me deixar seduzi-la se eu quisesse. Mas eu tampouco queria; como poderia ter sonhado com um amor desses? A última vez que sonhei assim foi aos dezesseis anos, quando vi *Fausto* pela primeira vez na ópera em companhia de Arnoldson. Mesmo assim, tenho certeza de que ela gostava de mim nos primeiros tempos de casado; ninguém se engana a esse respeito. Por que não poderia voltar a fazer como naquela época? Nos primeiros tempos depois do nosso casamento ela sempre dizia maldades para John quando os dois se encontravam. Mas depois ele fundou a companhia e passou a nos convidar para o teatro e arranjou um casaco de pele. E com o passar do tempo a minha esposa naturalmente cansou de dizer maldades para ele.

*

Henck ainda tinha assuntos a tratar antes da ceia. Já eram cinco e meia quando chegou em casa carregado de pacotes. O ombro esquerdo estava muito sensível; mas afora isso não havia mais nada que o lembrasse da desventura pela manhã, a não ser o casaco de pele.

– Quero só ver a cara da minha esposa ao me ver com esse casaco de pele – disse o doutor Henck de si para si.

O vestíbulo estava completamente às escuras; a lâmpada nunca ficava acesa fora do horário de atendimento.

"Estou ouvindo os ruídos dela na sala", pensou o doutor Henck. Ellen tem passos leves como os de um passarinho. É estranho que o meu coração ainda se enterneça toda vez que escuto os passos dela no cômodo ao lado.

O doutor Henck estava certo ao supor que a esposa seria mais amável do que de costume ao recebê-lo com o casaco de pele. Ellen se esgueirou até alcançá-lo no canto mais escuro do vestíbulo, jogou os braços ao redor do pescoço dele e deu-lhe um beijo intenso e passional. Depois roçou o rosto na gola do casaco de pele e sussurrou:

– Gustav ainda não está em casa.

– Está sim – respondeu o doutor Henck com a voz um pouco trêmula enquanto acariciava os cabelos da esposa com ambas as mãos. – Gustav está em casa.

*

Na sala de trabalho do doutor Henck a lareira ardia. Na mesa havia uísque e água.

O magistrado Richardt estava deitado em uma grande poltrona de couro, fumando um charuto. O doutor Henck permanecia afundado em um canto do sofá. A porta aberta dava para a sala, onde a sra. Henck e as crianças acendiam as velas do pinheiro.

A ceia tinha sido um tanto silenciosa. Só as crianças tinham tagarelado umas com as outras e se divertido.

– Você está muito quieto, meu velho – disse Richardt. – Não me diga que está pensando naquele sobretudo esfarrapado?

– Não – respondeu Henck. – Na verdade eu estou pensando no casaco de pele.

Vários minutos passaram-se em silêncio antes que ele continuasse:

– E também estou pensando numa outra coisa. Estou aqui sentado, pensando que esse é o último Natal que vamos passar juntos. Eu sou médico e sei que não me restam muitos dias. Tenho certeza absoluta. Por isso eu gostaria de agradecer toda a gentileza que você demonstrou para mim e para a minha esposa nesses últimos tempos.

– Ah, você está enganado – balbuciou Richardt, desviando o olhar.

– Não – respondeu Henck –, não estou enganado. Eu também gostaria de agradecer o empréstimo do casaco de pele. Ele me proporcionou os últimos instantes de felicidade que desfrutei na vida.

O PADRE DA IGREJA PAPINIANO

Certa vez fiz uma viagem. Vi rios, montes e montanhas que não eram como os nossos. Vi também muitas cidades, entre as quais estava Paris.

Paris é uma cidade bonita e vibrante. As pessoas são educadas e amistosas, à exceção dos cocheiros. As mulheres são belas e ardentes. A Torre Eiffel mede trezentos metros de altura, mas as divisórias nas instalações são bem mais baixas do que as nossas. Os ônibus se parecem com enormes casas, e em geral são puxados por três cavalos brancos; mas não se pode usá-los, porque estão sempre lotados. Houve uma tarde em que eu quase fui atropelado por um desses ônibus no bulevar, porém consegui escapar no último instante ao me refugiar sob uma lâmpada elétrica em arco. Nesse mesmo refúgio havia um homem de Deus com uma longa batina preta e um chapéu baixo de pala larga; ele tinha um guarda-chuva sob o braço. Não pude ver-lhe o rosto, que estava totalmente oculto pelo chapéu.

– O senhor deu sorte – ele disse em tom amistoso.

– É verdade – respondi.

O homem ficou parado, esperando o momento de atravessar o bulevar em direção à calçada oposta. Os ônibus e coches avançavam numa fila ininterrupta que parecia não ter fim, e ao nosso redor os baderneiros gritavam como se fosse possível ouvir estalos vindos daqueles pulmões:

– *La Presse! V'la Presse!*

Enquanto eu aguardava, joguei o meu cigarro longe e peguei a cigarreira para acender mais um. Fiquei assim, fumando; e quando notei que esse outro cigarro também havia chegado ao fim, joguei-o longe. Mas eis que no mesmo instante um baderneiro pálido e encardido surgiu por entre as rodas do ônibus, onde devia estar oculto como uma raposa nos recônditos da floresta, juntou a guimba do cigarro, enfiou-a na boca e a seguir acendeu-a. Um pouco mais alegre e satisfeito do que estava havia pouco, esse homem continuou a descer o bulevar com a guimba na boca e o fardo de jornais embaixo do braço enquanto bradava:

– *V'la Presse!* Novo artigo sobre o caso Dreyfus! Scheurer-Kestner teve uma amante negra! *Voilà la Pre-e-esse!*

– Ao senhor não parece inusitado – perguntei ao homem de Deus – que o gosto de Scheurer-Kestner por negras (seja real ou inventado) apareça como um dos motivos para que se acredite na culpa de Dreyfus e na inocência do conde Esterhazy?

– Ah, meu caro – respondeu prontamente o homem de Deus –, num julgamento superficial parece sem dúvida inusitado; mas quando o senhor considera o problema a partir da perspectiva correta, parece totalmente justificado estabelecer um paralelo entre esses dois tipos de comportamento. Ter uma amante negra é um pecado muito grave (embora não um pecado mortal), pois indica uma predisposição ao mal. Não foi simplesmente por acaso que Deus fez as pessoas negras com um aspecto similar a demônios. Amar uma negra é quase como procurar o inferno. E, se esses são os defensores do capitão Dreyfus, imagine como não deve ser o próprio!

– Mas imagine o senhor que o capitão Dreyfus não tenha sido condenado e deportado pelo mau caráter dele ou de seus amigos, mas por um crime; se ele não cometeu esse crime...

O padre fez um gesto peremptório com o guarda-chuva.

– Ora – ele me interrompeu –, o senhor está se fixando num detalhe que simplesmente não tem o peso que o senhor lhe atribui! Juízes são homens, e portanto também erram. É provável que muitos inocentes sejam condenados; mas é também uma grande ventura que em geral não tomemos conhecimento desses casos, e seria tresloucado e criminoso querer trazê-los ao conhecimento público, bem como pretender que julgamentos outrora proferidos conforme os ditames da lei sejam anulados. Seria tresloucado e criminoso, em favor de uma única pessoa, querer abalar a confiança de todos na aplicação da justiça, e assim precipitar a sociedade rumo a um possível colapso. Se fosse de fato um amigo da pátria, o próprio capitão Dreyfus concordaria. Na atual situação, o melhor serviço que poderia oferecer ao país seria a admissão da culpa. Ao insistir em sua inocência, o capitão Dreyfus incorre justamente no tipo de traição do qual a princípio talvez fosse inocente. Mas agora está chovendo, meu caro, e vejo que o senhor não tem guarda-chuva. Será que estamos indo para o mesmo lado?

O padre abriu o guarda-chuva acima da minha cabeça e seguimos em meio à multidão pela estreita Rue du Faubourg Montmartre.

– Se bem entendi – continuei após ter organizado um pouco melhor os meus pensamentos –, o senhor parece julgar que o destino das pessoas nesta vida terrena é um assunto de segunda importância. Mas se, como imagino, o senhor considera as coisas a partir de uma perspectiva eterna, o bem ou o mal das nações também não seria tão insignificante quanto o destino de um indivíduo?

– Esse é um pensamento herético, meu caro. Não cabe ao homem considerar a existência terrena a partir de uma perspectiva eterna. Essa perspectiva é província exclusiva do Eterno.

– Mas o senhor também não está considerando o destino do capitão Dreyfus a partir dessa perspectiva?

– De forma nenhuma.

– Mas, ao ponderar a justiça ou a injustiça na sentença proferida como um assunto de segunda importância, o senhor não tem o tempo inteiro em mente a justiça divina, que na vida eterna poderia corrigir todas as falhas da vida humana?

O padre se deteve e observou pensativamente os sapatos humildes, sobre os quais a chuva pingava depois de escorrer pelo guarda-chuva. O rosto dele iluminou-se com o brilho das lâmpadas a gás numa vitrine. Ele tinha olhos benévolos e um rosto de traços rústicos. A expressão era a de um matemático ou a de um enxadrista que se põe a refletir sobre um problema difícil.

– De forma absolutamente nenhuma – ele sentenciou por fim. – Nessa questão, sinto-me inclinado a repetir a opinião outrora proferida pelo Padre da Igreja Papiniano. Papiniano acreditava que o respeito pela justiça humana seria enfraquecido ao extremo se as pessoas aprendessem que pode ser corrigida pela justiça divina. Segundo Papiniano, essa última outorgou todo o poder de que dispunha à primeira. Por esse motivo, Papiniano considerava bom e necessário que as pessoas que sofreram injustiças aqui na terra, mas que assim mesmo foram condenadas à morte na forma da lei, fossem também condenadas na vida eterna.

Quando o padre terminou de falar, a expressão pensativa de antes tinha sumido daquele rosto. Ele disse:

– Boa noite, meu caro – com uma voz amistosa e simpática, e então desapareceu na estreita Rue Notre Dame de Lorette.

VOX POPULI

Essa é a cidade mais pudica do mundo. Às vezes, quando um poeta ou um artista ultrapassa os limites do permitido com uma criação e desse modo abusa dos talentos com que a providência o agraciou, não apenas as pessoas, mas até mesmo os cachorrinhos são tomados por um surto de pudor.

A última vez que notei isso foi ontem.

Quando o relógio marcou três horas eu saí da biblioteca, cansado de tantos esforços intelectuais no interior daquelas paredes frias e carregado de livros tão grossos e tão eruditos que você não entenderia sequer os títulos se eu os listasse.

Fazia um dia quente e agradável de verão. Tomei uma rua lateral e fui caminhando sob as grandes árvores verdejantes. Assim o acaso me levou por fim até o monte onde o Avô permanece sentado, imóvel e em silêncio, sonhando enquanto o menino dorme em seu colo.

Afundei exausto no sofá em frente à estátua de bronze, joguei os livros para a direita e para a esquerda ao meu redor, acendi um cigarro e cerrei as pálpebras até a metade dos olhos. Notei que enxergamos o mundo de maneira mais sintética com os olhos semicerrados; as linhas tornam-se mais definidas e mais simples, as nuances confusas e desnecessárias somem e as figuras deslizam para frente e para trás no palco, como silhuetas em planos separados. E que sorte a minha estar com os olhos semicerrados bem naquele instante, quando duas velhas horrivelmente feias passaram com um cachorrinho preto na correia!

A situação, portanto, era a seguinte: no fundo está o Avô, sonhando o velho sonho com as gerações vindouras, a respeito das quais – provavelmente sem motivo, o que é uma pena – pensa as mais belas coisas; no lugar do espectador estou eu; e no proscênio entre nós dois passam duas velhas muito feias, da direita para a esquerda, com um cachorrinho preto na correia.

Como todos sabem, o Avô é uma obra escultórica que causou um escândalo e tanto – e vejo-me obrigado a recordar o fato caso alguém já o tenha esquecido, pois faz parte da história.

As duas velhas param em frente à estátua de bronze e trocam comentários a respeito da obra; não consigo ouvir o que dizem, mas pelo balançar das cabeças e pelos movimentos bruscos das sombrinhas esverdeadas, vejo que estão avaliando a estátua mais em termos morais do que em termos estéticos, e que o veredito é desfavorável.

Enquanto isso o cachorrinho corre de um lado para o outro até onde a correia permite, compreendendo enfim que alguma coisa despertou o interesse da dona e que portanto também deve interessá-lo, e que essa coisa é justamente a estátua de bronze no gramado. Então o cachorrinho senta-se, comportado e silencioso, e com as orelhas de pé e o focinho farejante escuta as duas velhas horrivelmente feias; e, como eu, logo nota pelo balançar das cabeças e pelos gestos indignados das sombrinhas verde-escuras que a estátua de bronze como um todo é motivo de profunda desaprovação. É natural e esperado que no mesmo instante o cachorrinho seja tomado por um profundo ódio em relação àquela estátua: pois de outra forma não seria um bom cachorro.

– Au! – ele diz enquanto avança sobre a estátua de bronze com uma raiva que assusta as velhas e faz com que prontamente se calem. – Au, au, au!

Logo a pantomima torna-se mais animada: de um lado o cachorrinho, que com baba em torno da boca e os olhos brilhando de fidelidade faz investida atrás de investida contra o novo inimigo mortal enquanto late:

– Au, au, au!

Do outro lado, as duas velhas pálidas, magras e horrivelmente feias trajadas de preto que, com forças reunidas, puxam a correia e por fim afastam-se centímetro a centímetro com o cachorro e saem aos bastidores pela esquerda.

– Au! – diz o cachorrinho mais uma vez antes de desaparecer, e assim sai da nossa história; mas a história ainda não chegou ao fim.

Todos sabemos que, quando um cachorrinho late, todos os cachorros da vizinhança erguem a voz no mesmo instante. E o Humlegården é cheio de cachorros jovens e alegres, que rolam pelos gramados e passam o dia envolvidos em brincadeiras inocentes e, quando a oportunidade se apresenta, dizem uou, uou, caso sejam grandes, ou au, au, caso sejam pequenos; embora os realmente pequenos digam aim, aim, aim.

– Alguém está latindo! – disseram os cachorros uns para os outros. – Temos que participar!

E assim vieram correndo de todos os lados, do chafariz da biblioteca, da estátua de Lineu e do morro de Scheele, e pararam todos juntos em frente ao Avô para latir:

– Uou, uou! Au, au, au! Aim, aim, aim!

E continuam latindo.

A SOMBRA

Não sei se amo ou odeio a vida; mas a ela me aferro com toda a minha força de vontade e todos os meus desejos. Não quero morrer. Não, eu não quero morrer: nem hoje nem amanhã, nem esse ano ou no ano que vem.

Apesar disso, anos atrás um sonho me levou a desejar que eu jamais tivesse nascido.

– Eu andava sozinho por uma rua vazia e silenciosa. A neve derretia no início da primavera, os beirais reluziam ao sol e na rua formavam-se pequenos lagos cintilantes, que espelhavam o azul, e acima dos tetos e chaminés das casas um céu tímido da primavera brilhava. O ar primaveril que eu respirava era como um alento e um bálsamo para as minhas tristezas ocultas, que na época me envenenavam o espírito até mesmo nos sonhos. Mesmo assim, eu sentia uma certa apreensão. Será que eu estava mesmo sozinho? Eu tinha a impressão de que havia alguém ao meu lado, mas não conseguia ver ao certo quem, pois esse vulto mantinha-se o tempo inteiro meio passo atrás de mim; e assim que eu me virava para ver-lhe o semblante, o vulto assoava o nariz e assim escondia boa parte do rosto atrás do lenço estendido pelo vento. De repente me ocorreu que eu andava pelo lado ensolarado da rua, e que talvez fosse a minha própria sombra que me seguia na parede branca. Se eu mesmo estava um pouco ranhento devido ao ar primaveril, por que o mesmo não ocorreria à minha sombra?

Até então eu jamais me sentira importunado pela minha sombra, mas naquele dia ela me incomodou um pouco. Eu usava roupas e luvas novas; porém minha sombra era cinza-pálida e dava uma impressão de pobreza. Por que estaria a me seguir justo naquele dia ensolarado, quando eu tomava o rumo da minha amada?

Ela veio ao meu encontro, radiante e sorridente, mas no canto do olho parecia haver o brilho de uma lágrima. Ela tinha duas rosas na mão. Uma era rosicler, a outra vermelha. Ela me entregou a rosa rosicler; a vermelha, que tinha uma haste repleta de espinhos, ela escondeu junto ao peito.

– Por que você também não me deu a rosa vermelha? – perguntei.

– Ainda não – ela disse, sorrindo. E no sonho tive a impressão de que o sorriso dela era o mesmo das mulheres de Leonardo.

Eu quis tomá-la pelo braço, mas em vez disso ela pegou minha mão. E, como duas crianças, descemos a rua de mãos dadas. De propósito, fiz com que ela andasse no lado em que estava a minha sombra, para que assim a pisasse e a mandasse embora.

Mas os sonhos transformam-se muito depressa.

A rua por onde andávamos era a mesma de momentos atrás, com casas de madeira e jardins com cercas de tábuas vermelhas, mas ao mesmo tempo era outra, porque já não havia mais neve ou lagos cintilantes, que espelhavam o azul: a primavera havia chegado. Os bordos estavam em flor, e as cerejeiras no pátio do vizinho estavam repletas de grandes botões. E de repente tudo pareceu assustador; os portões das casinhas revelavam-se como buracos pretos em meio à tênue luz do sonho, e um velho com uma tocha na mão caminhava de um lado para o outro enquanto acendia um lampião aqui e outro acolá.

Paramos no portão da minha casa. Era a casa em que eu tinha morado ainda menino, e que desde muito tempo atrás tinha desaparecido, junto com a rua, os jardins e a cerejeira. Ficamos juntos sob o crepúsculo, trocando sussurros e carícias, e de repente o tempo sumiu em um beijo.

– E a rosa vermelha? – eu perguntei. – Será que murchou?

– Não – ela respondeu. – Ainda não murchou. Veja. A rosa vermelha espetou o meu peito e o fez sangrar, e anseio por dá-la a você. Porém não me atrevo. Não, eu não me atrevo!

E os olhos dela encheram-se de lágrimas quando estendeu a mão e segurou a rosa contra o facho da luz crepuscular que atravessava o portão. Não pude me conter: tomei a mão dela nas minhas, apertei a rosa vermelha contra os meus lábios e a beijei.

Senti minha cabeça girar, minha visão turvou-se e a seguir me esqueci de tudo. Mas quando recobrei a consciência, minha amada estava mais longe de mim do que estivera momentos atrás; a pele estava mais pálida, e ela parecia ter uma expressão de dor nos lábios. Eu quis me aproximar, mas eis que de repente uma sombra apareceu entre nós dois. Era uma sombra cinza-pálida, e trazia as marcas da Pobreza. Eu quis empurrá-la para o lado, porém a sombra era mais forte do que eu; e enquanto lutávamos, minha sombra e eu, minha amada deslizou para ainda mais longe no crepúsculo do sonho –

Saí pelo portão e a sombra me seguiu. Já não era mais primavera na rua, era um crepúsculo de inverno, e a neve recém-caída estendia-se como um tapete branco sob o céu cinza-escuro enquanto os flocos continuavam a cair. Eu já não guardava mais nenhum rancor da minha sombra, pois estava velho e corcunda e havia me esquecido de tudo.

SPLEEN

Minha vida tem as cores sombrias e estranhamente confusas de um sonho.

As primeiras lâmpadas já começavam a arder quando, no entardecer de ontem, saí de casa depois de passar o dia inteiro ruminando sobre o mistério da vida. Desesperado por não encontrar nenhuma resposta, eu disse para mim mesmo: "Você é um louco que desperdiça o dia com ruminações infrutíferas sobre coisas que com certeza não o fariam nem um pouco mais feliz se as compreendesse" – e assim passei a me ocupar com um problema de xadrez em quatro lances. Porém, quando meu raciocínio se mostrou insuficiente até mesmo para essa tarefa, atirei o tabuleiro pela janela na cabeça de um velho com uma perna de pau, para quem a morte seria uma bênção, e então me lancei rumo à vertigem do mundo, cheio de desprezo por mim.

A noite estava quente e clara e o mundo parecia envolto em um silêncio maravilhoso. Logo acima do castelo a lua vermelho-amarelada pairava como um velho pastor, enorme como nos contos de fada. O barulho dos passos dos transeuntes no calçamento parecia o tique-taque de mil relógios e me fez estremecer quando pensei na rapidez com que os segundos me escapavam das mãos... Um bonde passou depressa: saltei para dentro do vagão e percorri todo o trajeto da linha algumas vezes. Esse passatempo tem a rara capacidade de dispersar minha melancolia: o mundo inteiro me dava a impressão de girar como um carrossel, e quando eu era menino e andava de carrossel eu não conseguir segurar o riso. Foi o que aconteceu também dessa vez; eu mal havia completado três voltas do percurso quando comecei a rir em voz demasiado alta.

– Boa tarde – disse uma voz muito próxima a mim depois que um rosto se virou no banco logo à minha frente, um rosto pálido e alongado, que em vão me esforcei por reconhecer. – Eu reconheço a sua risada – prosseguiu o homem. – O senhor riu da mesma forma no enterro da minha tia há sete anos, enquanto o pastor falava sobre a perda que eu e os outros herdeiros havíamos sofrido. Fez com que nós todos ríssemos, inclusive o pastor e possivelmente a minha tia. O senhor tem uma disposição alegre.

– É – respondi com ar cortês –, eu tenho uma disposição muito alegre. E o senhor, meu caro?

– Ah, não vamos falar sobre mim... eu não passo de um aborrecimento irremediável. Tem sido assim desde que recebi a herança da minha tia.

– Sim, eu sei – respondi sem dar por mim.

– O senhor sabe? – perguntou-me o homem, arregalando dois olhos grandes, ingênuos e melancólicos. – Quem lhe contou?

– A situação dispensa explicações. Antes que a sua tia morresse o senhor vivia alegre e contente, pois tinha a esperança de que ela morresse e assim o senhor pudesse receber a herança. Então ela morreu e o senhor pôde receber a herança, mas agora não tem mais nenhuma tia de quem possa receber uma herança. Em suma, o senhor não tem nenhuma esperança para o futuro, e por isso está triste. É tudo muito simples.

Nesse instante o pobre homem me encarou não apenas com os olhos, mas também com a boca. Todo o espírito dele me encarava através de três buracos enormes.

– Tem razão – ele respondeu por fim. – O senhor acaba de pôr em palavras aquilo que eu há muito tempo pressentia. Obrigado. Obrigado, de todo o coração.

O homem deu-me um efusivo aperto de mão e prosseguiu:

– O senhor tirou um peso do meu peito. Nada é mais desagradável do que sentir-se melancólico sem saber por quê. Mas agora passou, e o senhor me prestou um grande serviço. Vamos sair juntos para conversar e jantar!

Essa nova sugestão me agradou por diversos motivos. A bem dizer eu não conseguia recordar o nome daquele homem, mas faz tempo que aprendi a deixar de lado esses detalhes insignificantes; afinal, o que significa um nome?

Assim, pulamos para fora do bonde e para dentro de um coche e seguimos em uma carreira desenfreada até uma pequena cantina no campo. Nesse abrigo idílico passamos o tempo comendo arenque, rabanetes e batatas recém-colhidas enquanto bebíamos uma aguardente norueguesa e três diferentes tipos de champanhe. Depois pulamos a janela, levando junto uma garrafa de uísque e um pouco de Apollinaris; quando chegamos ao fim da descida, notamos para nossa grande alegria que o telhado de metal terminava em uma inclinação suave com uma vista maravilhosa para um lago absolutamente idílico, rodeado por juncos e salgueiros. Servimos cada um uma dose de bebida e continuamos a nossa conversa.

– Na verdade – disse eu –, para muitas pessoas a riqueza é fonte de inúmeras preocupações. Eu tinha um amigo muito friorento. Ele jogava na loteria de Hamburgo na esperança de ganhar dinheiro suficiente para comprar um casaco de pele. No fim ganhou trezentas mil coroas. Não há como manter oculta uma quantia tão vultuosa: todos os amigos ouviram falar a respeito e de imediato tomaram emprestada uma porcentagem tão grande do prêmio que o coitado mal poderia comprar um casaco de pele falsa de castor com o valor restante... mas não comprou. E como poderia fazer uma coisa dessas? Todo mundo sabia que tinha ganhado o dinheiro na loteria; e é evidente que não se pode andar por aí com peles de loteria!

– Não, de fato é completamente impossível.

– Sem dúvida.

– É.

Continuamos sentados em silêncio por mais alguns instantes, cada um ocupado com os próprios pensamentos.

Então de repente o senhor Kihlberg (durante o quinto copo do terceiro tipo de champanhe ele me havia confidenciado que se chamava assim) se virou com um súbito lampejo de alegria nos olhos e me perguntou:

– Qual é o valor do primeiro prêmio da loteria de Hamburgo?

– Acho que quinhentos ou setecentos mil – respondi. – De qualquer maneira, é certo que não são seiscentos mil; pois os organizadores sabem muito bem que os números ímpares detêm sobre a fantasia dos homens um poder que os números pares não possuem.

– Pelo menos quinhentos mil – repetiu o senhor Kihlberg. – Herdei apenas duzentas mil coroas da minha tia. Se eu jogar na loteria, posso ter a esperança de mais do que dobrar minha fortuna: posso ter a esperança de herdar mais uma tia e meia. Assim posso ter um motivo para viver!

– Sem dúvida. O futuro voltou a sorrir para o senhor.

– É, ainda resta esperança. Vou jogar na loteria; mas e se eu ganhar? Nesse caso está tudo perdido, e então me resta apenas a morte!

UMA XÍCARA DE CHÁ

Dizem que na Inglaterra quem bebe aguardente ou outras bebidas similares em público arrisca boa parte do prestígio social. Mas o nosso país tem outros costumes. Ontem me dei um tanto mal quando resolvi beber uma xícara de chá no café... ah, pouco importa em que café!

A questão é que estou dando os últimos retoques num romance em duas partes, no qual pretendo denunciar a hipocrisia de toda a vida social moderna. Falta apenas o último capítulo, e eu tinha me decidido a escrevê-lo ontem. Levantei-me portanto às oito da manhã, sentei-me à escrivaninha tomado pela febre de um poeta, trajando apenas uma camisa, e comecei: "O entardecer de outubro estendia-se cada vez mais denso acima da cidade, enquanto a chuva de outono...". Mais não pude escrever, pois nesse instante o telefone tocou. Era um dos meus amigos, que queria tomar dinheiro emprestado – a bagatela de umas poucas centenas de coroas – mas ele precisava da quantia o mais depressa possível. Naturalmente eu não podia me recusar, e como naquele momento não havia

61

ninguém que pudesse fazer a entrega para mim, precisei ir eu mesmo. Então fui – e no caminho de volta para casa, bem em frente à minha porta, encontrei um outro amigo meu, que se ocupava em andar de um lado para o outro de coche e em fundar uma companhia e que me perguntou se eu não estaria disposto a assumir o cargo de tesoureiro. Eu não quis recusar o convite logo de cara, pois seria muito inamistoso; assim, para começar, fui tomar café da manhã com ele para discutir melhor o assunto. Primeiro tomamos o café da manhã e depois começamos a discutir. Já eram duas horas da tarde e estávamos prestes a chegar a um resultado definitivo quando a minha criada, que de maneira inexplicável havia se inteirado a respeito de meu paradeiro, entrou correndo e disse que a minha sogra estava à beira da morte. Porém a minha sogra mora em Kungsholmen; então tomei um coche e fui até lá. Muito bem, de fato a minha sogra estava à beira da morte; mas ela não morreu antes das seis horas. Depois pude finalmente ir para casa terminar de escrever o meu romance... Mas eis que no Jakobs Torg parei como de costume em frente à Silvanders para examinar um novo tipo de luva e, quando me virei para retomar o caminho de casa, fiquei cara a cara com um terceiro amigo meu, um homem que estava farto de fundar companhias e preferia jogar xadrez. Logo ele me perguntou se eu não gostaria de beber uísque e jogar xadrez.

– Mas é claro – respondi sem pensar, pois eu tinha me esquecido completamente do meu romance, e quando no instante seguinte tornei a lembrar eu já tinha aceitado o convite e não podia mudar de ideia, porque isso daria uma impressão de falta de caráter. Então seguimos até a casa dele e bebemos uísque e jogamos xadrez até as onze horas. Por fim desejei boa noite e fui para casa determinado a terminar de escrever o meu romance – e agora começa a história.

Preste atenção:

Até a minha casa era uma caminhada de cerca de dez minutos. Quando havia percorrido metade do caminho percebi que eu estava cansado e um pouco sonolento e fiz a reflexão involuntária de que provavelmente não conseguiria escrever se eu fosse para casa e me sentasse à escrivaninha no estado em que me encontrava.

– Conheço um café e restaurante muito agradável logo aqui à direita – disse para mim mesmo. – Se eu for até lá agora e beber uma xícara grande de chá bem forte e depois for para casa escrever, o último capítulo do meu romance vai ser magistral.

Então fui até lá.

No café, como de costume, havia suecos que bebiam ponche.

Havia uma única mesinha desocupada, no meio do salão. Logo me deixei cair em cima da cadeira.

– Uma xícara de chá – disse eu a uma das garçonetes.

Fez-se silêncio no salão. Ao meu redor estavam suecos com barrigas gordas e bochechas coradas que bebiam ponche e a intervalos regulares faziam brindes e diziam: vira, vira, vira!

Mas quando eu pedi uma xícara de chá, tudo ficou em silêncio.

– Uma xícara de chá? – perguntou a garçonete com uma nota de insegurança na voz.

– É – disse eu –, uma xícara de chá!

– Só uma xícara de chá? O senhor não quer um pão com manteiga? E aguardente ou cerveja? Ou ponche?

– Não, obrigado – respondi. – Quero apenas uma xícara de chá.

– Pois não – respondeu a garçonete.

Todos os olhares voltaram-se na minha direção. Por um minuto inteiro ninguém tomou um gole sequer.

Ao meu redor começaram a falar sobre mim, e eu consegui ouvir parte dos comentários.

– É um estrangeiro louco – disse alguém.

– É uma vergonha a hipocrisia e a pilantragem que existe hoje em dia – disse um outro.

– Ele está bêbado e quer ficar sóbrio – disse um terceiro.

– Como pode alguém querer ficar sóbrio estando bêbado? – disse um quarto.

A garçonete chegou com o meu chá. Paguei no mesmo instante e dei-lhe uma coroa de gorjeta, para que soubesse que eu não havia pedido chá por não ter condições de beber ponche.

Mesmo assim, não tive oportunidade para beber do chá. Permaneci calado e tranquilo enquanto mexia a colher e, através da minha postura, tentei deixar claro a todos os presentes que eu não lhes desejava mal nenhum – foi quando um velho conhecido de Uppsala que eu não via há quinze anos surgiu na minha frente, encarando com um olhar severo o meu rosto e a minha xícara de chá.

– É você mesmo? – perguntou, tomado de agitação. – E você vai tomar essa porcaria?

– Vou – respondi, tímido.

– Muito bem, então foi assim que você acabou. Que horror!

Achei que se tratava de uma brincadeira e tentei responder no mesmo tom.

– Parece que você está querendo se passar por esperto – respondeu o meu velho conhecido.

Nesse instante percebi que ele estava bêbado como um gambá.

Sem nenhum rodeio ele confessou a seguir que desde o primeiro momento de nossa convivência tinha me achado uma pessoa insuportável. Assim que nos conhecemos ele havia percebido que eu era um farsante, ou, se eu quisesse que se exprimisse em termos mais precisos, que eu era um patife. Ele sempre havia esperado pela oportunidade de me dizer isso, e o momento enfim havia chegado!

Meu velho conhecido pôs-se a vociferar cada vez mais alto; no fim os gritos ecoavam pelo salão inteiro. Todos o escutaram tomados de encanto, e por fim o dono do restaurante apareceu na porta. Era um homem grande e de rosto vermelho.

– Qual é o problema? – perguntou com um certo tom de ameaça na voz antes de olhar para a companhia ao redor.

Então todos apontaram para mim e disseram em coro:

– É aquele senhor ali, que não tem vergonha na cara!

*

No instante seguinte eu me encontrava na rua – e, no que diz respeito ao meu romance, pretendo terminá-lo ainda hoje.

A ALCACHOFRA

Certa vez fiz um novo amigo.

Um dia saímos para fazer uma refeição juntos em um restaurante de verão. Tenho pouca disposição para a comida e não me lembro dos pratos que foram servidos; nem ao menos tenho certeza de que eu sabia como se chamavam durante a refeição. No entanto, lembro-me muito bem de que, entre outras coisas, divertimo-nos comendo cada um uma alcachofra, que se fez acompanhar por um excelente borgonha. Sempre gostei de alcachofra, porém essas coisas verde-escuras e escamosas nunca me proporcionaram um prazer tão requintado quanto dessa vez.

O dia estava bonito. Era um dia pálido de setembro: um daqueles dias venturosos no início do outono, cuja melancolia suave e luminosa havia tantas vezes influenciado a nossa disposição que a atmosfera sentimental outrora evocada pôde enfim descansar e abrir espaço para um sentimento mundano de bem-estar. O céu resplendia límpido e azul. Os insetos zuniam na copa das árvores mais acima e ao redor, a água cintilava e o porto da cidade podia ser avistado ao longe.

Ah, era um dia bonito.

– Minha alcachofra está deliciosa; como está a sua? – perguntei ao meu amigo enquanto eu erguia o cálice em direção ao sol e piscava com um único olho.

– Extraordinária – respondeu ele. – Melhor até do que a sua.

A seguir acrescentou, com um sorriso sombrio que a bem dizer não combinava com o rosto saudável e corado de musculatura curtida ao sol:

– Eu gosto muito de alcachofra. Essa aqui tem um travo delicioso de cianureto.

Acenei a cabeça distraidamente enquanto eu chupava uma das grandes pétalas que havia guardado para o fim. Cianureto, muito bem... Não me parecia impossível que a alcachofra pudesse ter gosto de cianureto, e de qualquer forma eu não estava em posição de discutir o assunto.

Os insetos zumbiam. A água reluzia entre as árvores. Nesse momento uma pequena nuvem encobriu o sol.

Não sei por que o meu amigo julgou necessário justo naquele instante mencionar um doloroso acontecimento ocorrido por aqueles dias, no qual um dos nossos mais inconstantes conhecidos havia desempenhado o papel principal.

– Que história terrível – ele disse por fim.

Era de fato terrível. Mas por que tocar no assunto justo naquele instante? Talvez porque uma nuvem houvesse encoberto o sol? Qualquer que fosse o motivo, respondi com profunda convicção:

– É, foi tudo muito triste. Eu recebi a notícia ontem logo cedo e passei a manhã inteira abatido.

A verdade é que com frequência me sinto abatido durante a manhã inteira.

Sem piscar meu amigo respondeu:

– É... eu passei a noite inteira sem dormir.

Não respondi nada, mas lancei-lhe um olhar frio de soslaio. Logo essa modernidade frenética vai tornar-se insuportável com a concorrência brutal em todas as áreas.

Na mesma hora recordei o comentário de que a alcachofra tinha gosto de cianureto, e assim tive uma ideia. No início de uma amizade é comum as pessoas representarem um pouco umas para as outras. Se eu preparasse uma pequena armadilha usando o cianureto como isca, será que o meu novo amigo cairia nela?

Era o que veríamos.

Cutuquei-o de leve com o indicador dobrado e perguntei em um tom de vivo interesse:

– O que foi mesmo que você disse ainda há pouco? Que a alcachofra tem gosto de cianureto?

Sem dúvida seria impossível para ele saber aonde eu queria chegar: o que pude ler na expressão do rosto foi apenas uma decisão obstinada de sustentar a tese inicial até o fim.

– Exato – respondeu com um sorriso tranquilo. – Você não sabia?

– Não, não sabia. Para dizer a verdade, eu não sei que gosto tem o cianureto. Você por acaso sabe?

– acrescentei da maneira mais inocente possível, como se fosse um simples comentário passageiro.

Essa era a minha nova ideia. Meu amigo não sabia que eu estava agindo de acordo com um plano e portanto não tinha nenhum motivo para desconfiar de qualquer intenção oculta na minha pergunta; foi obrigado a atribuí-la ao acaso, aos caprichos imprevisíveis da conversa solta. Eu, de minha parte, fiz de tudo para causar essa impressão; mal havia terminado de falar quando chamei o garçom e balbuciei alguma leviandade a respeito de cigarros, graças à qual minha pergunta deu a impressão de ter sido jogada ao acaso e esquecida no mesmo instante em que fora jogada, e de ser portanto uma pergunta que podia ou não ser respondida sem nenhuma consequência. Quanto a mim, devo dizer que no fundo havia uma possibilidade, embora pequena, de que o meu amigo noutra ocasião de fato houvesse tido alguma coisa a ver com cianureto, mas por conta dessa possibilidade sem dúvida ínfima eu tinha a obrigação de fazer a pergunta de maneira a dar-lhe a possibilidade de ignorá-la, se assim quisesse. Por sorte não foi o que aconteceu, conforme eu havia previsto.

Passados alguns instantes de visível confronto interior, meu amigo respondeu com o cenho franzido:

– Esse é um assunto que por diversas razões eu prefiro não discutir. Vamos falar de outra coisa!

Calei-me; porém meu íntimo foi tomado por um sentimento de júbilo silencioso.

E até hoje, quando tento ocupar uma hora vazia e inútil registrando no papel esse episódio sem nenhum sentido, até hoje me regalo com aquela alcachofra, que comi mais de três anos atrás.

HISTÓRIA VERÍDICA

Essa história não se destina a pessoas sérias. Ninguém vai ter se tornado melhor ou mais sábio ao final da leitura, e a história também não tem nenhum significado especial. Ademais, tudo se passou há muito tempo, e assim talvez fosse desnecessário contá-la; mas pelo menos é uma história verídica, e sempre devemos honrar a verdade.

Minha avó fala sobre um inverno que afirma ter sido o mais frio em toda a vida dela, e estou disposto a acreditar; ela não costuma se envolver com inverdades, exceto quando necessário. Que inverno tenha sido, pouco importa – não diz respeito a ninguém. Mas foi um inverno terrível; minha avó tinha um gato que costumava voltar para casa ao final da tarde, e um belo dia ele ficou preso no lado de fora; pela manhã, o focinho havia congelado, e assim ele passou o resto da vida com uma aparência de bêbado. O fato era ainda mais lamentável porque aquele sempre tinha sido um gato particularmente sóbrio ou apresentável; e admito que chorei lágrimas copiosas na primeira vez que a minha avó me contou essa história.

Pode ser que esse fato se deva à maneira vívida e comovente como a minha avó contava tudo.

Mas o tempo cura todas as feridas, o gato já morreu e além disso não tem nada a ver com a minha história.

Enfim... Era uma vez uma cerca. Sem dúvida tudo aconteceu numa das zonas mais humildes da cidade, como Söder ou Kungsholmen; ou talvez Ladugårdslandet; o certo é que foi aqui em Estocolmo. Era uma vez uma cerca razoavelmente antiga, que desde a aurora dos tempos fora usada como atalho entre a rua e o jardim do merceeiro Wålberg por um exército de crianças que riam, choravam e gritavam; e assim a cerca era mimada com a vida, o movimento e companhias alegres. Mas de um dia para o outro fora abandonada. As pessoas mais pobres nem sempre tinham casacos de pele para si, e menos ainda para as crianças – que durante o inverno saíam por um tempo aos portões, batendo os pés e passando frio, porém logo voltavam para dentro de casa e sentavam-se num canto para estudar o catecismo. Ora, mas somente as crianças mais comportadas; as outras talvez amarrassem um pedaço de papel ao rabo do gato para vê-lo correr ao redor, o que de fato pode ser bem divertido. Eu mesmo fiz isso em diversas ocasiões: além de tudo, funciona como distração para o gato.

Mas a cerca sofria. Imagino que pudesse ter até mesmo caído de tristeza, caso não tivesse por vizinho e companheiro um velho poste de madeira já meio apodrecido, que na época das lâmpadas a óleo havia trabalhado como poste de iluminação. As lâmpadas a óleo eram a única forma de iluminação que ele reconhecia; mas a cerca tinha uma opinião distinta, e assim os dois logo tiveram um assunto para discutir. A cerca tinha aquilo que hoje em dia se poderia descrever como um princípio de formação elementar. As crianças pequenas haviam-na rabiscado com nomes, iniciais e outras coisinhas do tipo que elas mesmas tinham inventado; e certo dia um homem erudito havia passado com o filho e dito que a arte da escrita era o aspecto mais importante desde a época das luzes. Era mais ou menos o que a cerca já sabia, e não havia motivo para fazer segredo. Mas o poste tampouco se fez de rogado. Antigamente, quando estava no apogeu como poste de iluminação pública, havia iluminado a janela de um rapaz que lia Rousseau, mas não tinha dinheiro para comprar velas. Às vezes o rapaz lia em voz alta, e podia muito bem ser que lesse para o poste como forma de agradecimento; ora, é claro que devia ser para o poste, e os trechos lidos eram principalmente sobre a ruína da humanidade sob as maldições da civilização. Desde então o poste havia pensado sobre aquilo – sobre as maldições da civilização. Pensamos tanto quanto podemos nesse mundo; era o que até mesmo Pascal fazia. O poste havia chegado à conclusão de que as maldições da civilização não seriam nada menos do que, em primeiro lugar, os lampiões de iluminação pública e, em segundo lugar, uma que outra cerca presunçosa e disposta a afirmar que as garatujas de crianças estúpidas teriam qualquer tipo de relação com luzes. No que dizia respeito às luzes em si, o poste já tinha visto até madeira podre brilhar no escuro, mesmo que não com a intensidade de uma lâmpada a óleo, claro, porém mais como um lampião a gás; mas a cerca fora pintada, ainda que muito tempo atrás, e assim não poderia brilhar, por mais podre que estivesse!

Foi uma maldade desnecessária falar dessa forma; e por fim veio a época do degelo. O sol brilhava e a neve pingava dos telhados, e pelas sarjetas escorriam caudalosos rios primaveris que, com o proverbial desprezo da juventude por tudo aquilo que é antigo e tradicional, levavam embora cascas de lagostim e os restos mortais de uma velha e malcheirosa brema. Era primavera de verdade, e logo a grama pôs-se a crescer entre as pedras; e em frente a todas as casas havia uma escada, e em cada uma dessas escadas um gato. Na escada da minha avó o pobre gato bêbado estava deitado, aproveitando o sol e dando voltas e mais voltas, e na escada do vizinho estava o gato que tivera um pedaço de papel atado ao rabo, e assim por diante ao longo de toda a rua. E no jardim do merceeiro Wâlberg tudo crescia e brotava; os botões se abriam e transformavam-se em grandes folhas verdes, e por cima da cerca o azereiro reclinou os galhos, carregados de inúmeras flores brancas como a neve, e então chegou o verão.

De um dos portões saiu uma quantidade enorme de crianças, umas limpas e outras sujas; e por cima da cerca logo houve um intenso tráfego rumo ao interior do jardim, e o velho coração da cerca mais uma vez enterneceu-se. Mas atrás das crianças Karl Johan, o filho do merceeiro, vinha suado e resfolegante; ele era muito gordo, embora não tão gordo quanto o pai. Ele fez as tábuas rangerem ao pular a cerca para descer do outro lado.

– Eu gosto muito de crianças – suspirou a cerca –, mas Karl Johan é pesado demais; ah, ele é pesado demais.

*

A parte que vem agora diz respeito a um conselheiro municipal; mas não um destes que existem hoje em dia, não: tudo era diferente. Antigamente as pessoas não eram como hoje, e os conselheiros municipais também são gente, de forma que não devem ser mais malfalados do que os outros – sabemos o que somos, mas não sabemos aquilo que havemos de nos tornar. Pois bem: dois senhores desciam o morro, e um deles era conselheiro municipal. Por vezes ele tomava aquele rumo ao entardecer, e sempre havia se irritado com a má iluminação; não havia nenhum lampião a gás em toda a extensão da ruela. Porém naquele momento ele tinha decidido que a ruela havia de ter um lampião; e assim parou em frente ao poste, apontou-o com a bengala, de cima a baixo, e disse para o outro senhor, que trabalhava no gasômetro:

– Esse poste está podre, mas vai permanecer de pé enquanto Deus quiser, para depois cair. Muito bem; é nele que vamos colocar um lampião a gás!

Aquilo fora uma gentileza, pensou o poste de iluminação, mesmo que pudesse ter chegado de forma um pouco mais elegante. E de um instante para o outro o poste sentiu que uma parte de sua visão de mundo havia estremecido – a saber, a parte que dizia respeito à iluminação a gás (pois todas as opiniões formadas a respeito de cercas permaneciam inalteradas); naquele momento ele viu com enorme clareza que a iluminação a gás era superior à iluminação a óleo, e assim decidiu acompanhar o espírito dos tempos. Logo chegaram sujeitos pretos com pás e picaretas, que cavaram o chão e instalaram a tubulação de gás; e depois vieram outros que instalaram o lampião, ah, e que lampião! E depois varreram e limparam tudo, e por um fim um pintor apareceu e cobriu o velho poste com uma bela demão de tinta verde-clara.

Mas nem todos sabem lidar com a felicidade. Logo o progresso subiu à cabeça do velho poste, em especial naquele momento, quando de fato havia ganhado uma espécie de cabeça.

– Você ainda está viva, sua velha cerca inútil? – ele gritou o tanto que podia. Espere só; você está prestes a descobrir o real significado de "luz"! Além do mais, você pode ir embora quando bem entender; somos velhos amigos, e posso dizer com toda a sinceridade que parece inadequado que você continue por aqui feito uma caliça imprestável a esse novo ambiente. Não fique brava, pois desejo apenas o seu bem.

Foi um comentário maldoso, não há como negar; quase não se pode acreditar que seja verdade. Porém a minha avó gostava de sentar-se junto à janela aberta para ler um grande livro de textos religiosos, que até hoje tem por hábito ler; e ela ouviu cada palavra. Viu com os próprios olhos quando a velha cerca estremeceu de raiva; pois nem mesmo antigamente era agradável ser declarado imprestável em público. No mais, a cerca estava mesmo prestes a cair e não tinha nenhum desejo maior do que sair daquele lugar com dignidade, como por fim aconteceu; inclusive com um certo requinte de grandiosidade. Bem quando o acendedor de lampiões surgiu no morro a cerca sentiu o chão vibrar, e do jardim toda a turma de crianças saiu correndo, pulou a cerca e desapareceu no portão do outro lado da rua. Por último veio o gordo Karl Johan; ele estava ainda mais gordo, embora não tão gordo quanto o pai. Sim, naquele momento Karl Johan estava prestes a pular a cerca; mas a cerca caiu por cima do poste, e o poste se partiu ao meio, e o lampião a gás se quebrou em mil pedaços.

De repente os dois estavam no chão, e tudo havia acabado. Karl Johan também se quebrou, porém mais tarde estaria recuperado. Muita gente chegou de todas as direções, e no meio da multidão estavam a minha avó e o gato dela. Por último chegou o acendedor de lampiões: mas, como era um especialista com ampla experiência, porque tinha sido acendedor de lampiões por trinta e seis anos e meio, logo ele viu que não poderia acender o lampião naquele entardecer, e assim não o acendeu.

O SALÁRIO DO PECADO

Esta é uma história sobre uma moça e um farmacêutico de colete branco.

Ela era jovem e esbelta, cheirava a pinheiro e urze e tinha a pele queimada pelo sol e um pouco sardenta. Foi assim que a conheci. Mas o farmacêutico era um farmacêutico totalmente convencional, que usava colete branco aos domingos; e essa história passou-se num domingo. Passou-se no campo, num lugar tão distante de tudo que lá ninguém tinha por bem usar colete branco aos domingos, a não ser pelo farmacêutico.

A situação foi que numa manhã de domingo bateram na minha porta e, quando abri, o farmacêutico de colete branco me cumprimentou com diversas mesuras. Ele foi muito cortês e pareceu muito tímido.

– Peço-lhe as mais sinceras desculpas – ele disse. – Ocorre que a srta. Erika esteve aqui com as irmãs enquanto o sr. bacharel estava fora, e, quando foi embora, deixou comigo um caderno de poesias para que eu e o senhor nele escrevêssemos algumas linhas. Aqui está. Mas eu não tenho a menor ideia quanto ao que escrever. Será que o senhor não poderia...?

E a seguir ele fez mais diversas mesuras.

– Vou pensar no assunto – respondi em tom amistoso.

Peguei o caderno e transcrevi uma tradução de "Du bist wie eine Blume" que eu mesmo havia feito, e que sempre uso em ocasiões como essa. Depois comecei a procurar em meio aos meus papéis para ver se eu não teria versos da minha época de escolar que pudessem servir ao farmacêutico. Por fim encontrei o seguinte poema ruim:

Tu és a minha vertigem,
Meu anseio é um açoite:
Chegas quando estou sozinho
– sonhei contigo essa noite.
Andávamos lado a lado,
Seguindo o rumo da estrada.
A reluzir no teu rosto –
Lágrima derramada.
Beijei-te o rosto, e do olho
Sorvi as lágrimas, vivaz;
Mas teus lábios de carmim
Pus-me a beijar ainda mais.
Ah, o sonho foi bonito!
– Mas a dormir não voltei.
Nas longas horas da noite,
Triste e cansado velei.
Pois o teu rosto macio

Eu já roçara co' o olhar,
Porém os teus lábios rubros
Eu nunca pude beijar.

Mostrei ao farmacêutico esse poema e sugeri que o usasse. Ele o leu atentamente duas vezes em sequência e logo o rosto pôs-se vermelho de encanto.

– Foi o sr. bacharel mesmo quem escreveu esses versos? – ele perguntou com a mais absoluta sinceridade.

– Eu mesmo, infelizmente – respondi.

O farmacêutico agradeceu de maneira calorosa a permissão concedida para que usasse e o poema e, quando saiu do cômodo, senti-me convencido de que deixaríamos de nos tratar por títulos já no encontro a seguir.

*

Ao entardecer houve uma pequena recepção na casa dos pais da moça. Havia muitos jovens por lá. Bebemos suco de cereja numa varanda rodeada por pés de lúpulo.

Sentado, eu observava a moça.

Ela parecia estar um pouco fora de si. Os olhos estavam maiores e o olhar parecia mais apreensivo. Os lábios também estavam mais rubros. E ela não conseguia parar quieta no assento.

De vez em quando espiava-me às furtadelas; porém com ainda mais frequência olhava para o farmacêutico. E nessa ocasião o farmacêutico parecia um galo.

Quando o ponche chegou, abandonamos os títulos.

*

Nós, jovens, fomos ao prado brincar. Jogamos anéis e participamos de outras brincadeiras, e logo o sol pôs-se atrás dos morros e o céu começou a escurecer.

Havíamos deixado os anéis e as espadas em um monte no chão, e naquele momento estávamos cochichando e rindo em grupos ao crepúsculo. Porém a moça se aproximou de mim na escuridão, tomou-me pelo braço e me puxou para trás de um celeiro.

– O senhor precisa responder uma pergunta minha – ela disse. – É verdade que o farmacêutico escreveu aqueles versos?

A voz dela tremia, e ela tentava manter o olhar distante ao falar.

– É – eu disse. – Ele os escreveu na noite passada. Escutei-o andar de um lado para o outro no quarto durante a noite inteira.

Mas, assim que terminei a resposta, senti uma pontada no peito; eu tinha visto que a menina era bela e amável, e que seria um grande pecado enganá-la daquela forma.

– Quem sabe – eu disse de mim para mim –, quem sabe; pode ser esse o pecado que, segundo o Evangelho, não pode ser perdoado.

*

O crepúsculo se adensou ao nosso redor e a noite caiu, e uma estrela ardia em meio às árvores da floresta enquanto andávamos em pares.

Mas eu andava sozinho.

Já não recordo mais que rumo tomei naquela noite. Separei-me dos outros e entrei mais fundo na floresta.

Porém no interior da floresta, em meio aos abetos, descobri uma bétula cujo tronco cintilava em branco. Ao lado dessa árvore, duas pessoas trocavam beijos. Vi que uma delas era a moça que cheirava a pinheiro e urze. Mas a outra era o farmacêutico, um farmacêutico totalmente convencional de colete branco. Ele a estreitava contra o tronco branco da bétula e a beijava.

Porém, quando a beijou pela terceira vez, eu me afastei e chorei amargamente.

O CHUVISCO

Mais uma vez é outono com dias escuros, e o sol esconde-se nos mais obscuros recantos do espaço para que ninguém veja o quanto está pálido e envelhecido, e o quanto parece cansado nos últimos tempos. Mas, enquanto as rajadas de vento sopram por entre as frestas da janela, a chuva escorre pelas calhas e um cachorro molhado uiva em frente a um portão fechado na rua lá embaixo, e antes que o primeiro lume do inverno possa arder na estufa, eu gostaria de contar uma história sobre o chuvisco.

Ouça bem:

Tempos atrás, o bom Deus irritou-se tanto com a maldade das pessoas que decidiu castigá-las exacerbando essa maldade. O melhor seria, em sua infinita bondade, afogá-las todas em mais um dilúvio: ele ainda não havia se esquecido do agradável episódio em que todas as coisas vivas haviam sido aniquiladas pelas águas. Mas, infelizmente, num momento de sentimentalismo, Deus havia prometido a Noé que nunca mais faria aquilo.

– Escute, meu amigo – ele disse um dia para o diabo. – Você não é nenhum santo, mas às vezes tem boas ideias, e além disso parece-me sensato. As pessoas são más e não querem saber de endireitar-se. Minha paciência, que é infinita, chegou agora ao fim, e assim decidi castigá-las tornando-as ainda piores. Espero que todas se aniquilem umas às outras e também a si mesmas. Tenho a impressão de que os nossos interesses, por mais distintos que sejam, talvez finalmente tenham encontrado um ponto em comum; que conselho você teria a me oferecer?

O diabo mordiscou a ponta do rabo, pensativo.

– Senhor – ele respondeu por fim –, a sua sabedoria é tão grande quanto a sua bondade. As estatísticas demonstram que a maior parte dos crimes ocorre durante o outono, quando os dias são escuros, o céu está cinzento e a terra existe em meio à chuva e à neblina.

O bom Deus passou um longo tempo meditando sobre essas palavras.

– Entendi – ele disse por fim. – É um bom conselho, e pretendo segui-lo. Você tem dons admiráveis, meu amigo; porém devia empregá-los melhor.

O diabo sorriu e balançou o rabo, pois sentira-se lisonjeado e comovido, e depois foi mancando para casa.

Mas o bom Deus disse de si para consigo:

– Doravante há de chuviscar o tempo inteiro. As nuvens jamais vão se dissipar, a neblina jamais vai sumir e o sol nunca mais vai brilhar. Tudo vai ser escuro até o fim dos tempos.

E assim foi.

Os vendedores de guarda-chuvas e fabricantes de galochas a princípio se alegraram, mas o efeito só durou até que um sorriso triste se fixasse também naqueles lábios. As pessoas não sabem apreciar o clima agradável enquanto não sentem falta dele por um bom tempo. Os alegres tornaram-se lúgubres. Os lúgubres tornaram-se loucos e enforcaram-se em grandes números, ou então passaram a reunir-se em conventículos. Logo ninguém mais trabalhava, e houve uma grande necessidade. O crime aumentou numa escala impressionante, as prisões tornaram-se superlotadas, os hospícios eram suficientes no máximo para os sãos. O número de pessoas diminuiu, e as casas foram abandonadas. A pena de morte foi introduzida para casos de suicídio; porém nada adiantou.

A humanidade, que ao longo de inúmeras gerações havia sonhado e escrito poemas sobre a primavera eterna, rumava ao fim dos tempos em meio a um outono eterno.

A cada novo dia a destruição aumentava. Regiões inteiras foram arrasadas, cidades foram reduzidas a escombros. Nas praças os cachorros uivavam, todos juntos; mas pelas ruelas um velho manco ia de casa em casa com um saco nas costas, recolhendo almas. E a cada noite voltava mancando para casa, levando o saco cheio.

Porém houve uma noite em que o velho não voltou para casa. Em vez disso, foi mancando até um dos portões do céu e seguiu diretamente rumo ao trono do bom Deus. Lá ele parou, fez uma mesura e disse:

– O senhor parece ter envelhecido nos últimos tempos. Nós dois envelhecemos, porque estamos passando por maus bocados. Ah, senhor, o conselho que lhe dei foi ruim. Os pecados que me interessam precisam de sol para vingar. Veja! O senhor me transformou num catador imprestável!

E, com essas palavras, ele jogou o saco imundo nas escadas que levavam ao trono com tanta força que a corda que o mantinha amarrado se rompeu, e as almas saíram voando. As almas não eram pretas, mas cinzentas.

– Essas são as almas dos últimos homens – disse o diabo. – Entrego-as todas para o senhor. Mas pense bem sobre a forma de usá-las se resolver criar um novo mundo!

*

As rajadas de vento sopram por entre as frestas da janela, a chuva escorre pelas calhas e a história chega ao fim. Quem não entendeu pode consolar-se pensando que amanhã vai fazer tempo bom.

O PROFESSOR DE
HISTÓRIA

No sofá do café, durante o horário do jantar.

O entardecer veio cedo no crepúsculo de inverno. Cai uma neve molhada e além disso chove, e silhuetas curvas e pretas deslizam uma atrás da outra na pressa do entardecer em frente à grande vidraça cinzenta do café, como muito tempo atrás movimentavam-se no quarto de infância as sombras fantásticas de uma lanterna chinesa, manipuladas por mãos invisíveis atrás de uma tela de papel de seda.

É ele. Como envelheceu nesses últimos tempos!

Por quanto tempo mais deve aguentar?

E lá está ela... E deu-se ao trabalho de se maquiar mesmo num dia como hoje?

Agora mesmo o meu antigo professor de história passou – magro, encanecido e corcunda. Deve ter se aposentado muito tempo atrás. Ele pareceu muito frágil e muito abatido. Quando o vi passar em frente à janela, com os joelhos tortos e as costas recurvas, imaginei sentir como se o meu próprio corpo recebesse uma influência secreta, pois estive prestes a me dobrar como a lâmina de um canivete se recolhe ao cabo.

Ah, o meu antigo professor de história... Ele despertou em mim um profundo sentimento de reverência quando, ainda menino, fui à escola pela primeira vez e vi aquela cabeça branca e amistosa – pois ele já tinha os cabelos encanecidos mesmo naquela época. Depois vieram a surpresa e a alegria decorrentes do engano, quando anos mais tarde cheguei às turmas mais avançadas, para as quais ele lecionava, e tive contato próximo! Pois em toda a escola não havia nenhum outro professor com quem os alunos ousassem gracejar tanto.

Como tinham sido as coisas até então?

No fundo, deviam ter sido daquela forma desde sempre. Provavelmente o professor de história sabia desde o início que seria incapaz de inspirar temor; e assim decidiu ser o mais querido possível. Para atingir esse fim, havia transformado as aulas em diversão e entretenimento. Pouco se importava com deveres de casa; contava anedotas, fazia caricaturas de papas e imperadores no quadro-negro e apresentava pantomimas dos episódios mais importantes da história do mundo. Queria fazer com que todos rissem, e de fato conseguia. As aulas dele eram paroxismos ininterruptos de riso, mas não era das tiradas espirituosas que os alunos riam, pois compreendê-las era para muito poucos; era do caráter ridículo daquilo tudo. Em vez de agir como um mestre da disciplina, ele havia se transformado num bobo da corte. Com ele os alunos permitiam-se tudo. Levavam grandes quantidades de bardana para a sala e transformavam a aula numa batalha; de nada adiantava o professor pedir que não o usassem como alvo, pois o mais engraçado e o mais divertido naturalmente era jogar bardanas nele, de preferência nos cabelos... Quando descobriram que aquele sujeito envelhecido pretendia se casar, no intervalo da refeição matinal os alunos prepararam um discurso de felicitações no pior latim que se pode imaginar, repleto de conselhos totalmente inadmissíveis a um recém-casado, e no início da aula de história esse discurso foi lido com a mais absoluta seriedade pelo conselheiro de classe...

Nem mesmo em relação ao professor de grego, que era surdo e quase cego, nem mesmo contra um mísero e ridículo candidato a exame os alunos haviam se permitido uma conduta daquelas.

Mas também era verdade que o professor de história tinha problemas financeiros, e que repetidas vezes pessoas de aparência desagradável procuravam-no na sala dos professores com assuntos urgentes. Uma fonte de constante diversão era o susto terrível que o velho professor tomava sempre que batiam na porta e o rapaz que a abria voltava com a mensagem de sempre:

– Um homem disse que tem assuntos a tratar com o senhor.

Até que um dia – ah, eu me lembro como se fosse ontem: foi um daqueles dias de novembro com chuva e neve em que escurece cedo – um dia aconteceu que durante uma mesma aula de história surgiram duas visitas dessas em rápida sequência. Nossa alegria foi indescritível, mas o professor estava abatido. Ele tentou readotar o temperamento brincalhão de sempre, mas naquele dia não houve jeito. Logo tudo começou a ficar aborrecido, e foi preciso inventar um novo passatempo.

O conselheiro de classe se levantou – embora dessa vez não tivesse havido batida nenhuma –, foi até a porta e a abriu pela terceira vez. No instante seguinte, voltou com uma expressão preocupada:

– Um homem disse que tem assuntos a tratar com o senhor.

Assim que ele tornou a se virar e piscou o olho, entendemos todos que se tratava de um gracejo. O conselheiro de classe era muito esperto, e seria o único capaz de sair-se com essa ideia.

– Em nome de Deus! – exclamou o professor, com o choro já na garganta, para então sair ao corredor com as abas da casaca esvoaçando ao redor das pernas.

Naturalmente não havia ninguém por lá.

Mas o professor estava muito pálido ao voltar. Em vão, fez uma tentativa de continuar a anedota que tinha acabado de começar; porém a voz lhe falhou. Ele deixou-se cair em cima da cadeira envernizada.

O velho estava simplesmente despedaçado, pois vira a iminência da própria ruína, e então... Aquela foi para ele a gota d'água; não havia mais o que fazer senão chorar, e assim ele chorou.

O ESCRITURÁRIO

Então ele morreu. Meu Deus – esse é o destino que nos espera a todos.

Ele era um homem calmo e tranquilo. Cuidava da própria vida e deixava os outros em paz, e jamais tomava dinheiro emprestado; tampouco precisava, porque tinha rendas.

Mas ele tinha um parafuso a menos.

Lembro-me dele nas reuniões de família durante a época da minha infância e da minha juventude. Ele trabalhava como escriturário numa repartição pública. Devia ter perto de cinquenta anos, e era um homenzinho educado e sério; não havia ninguém mais sério. Ele costumava entrar e sair do banheiro masculino com uma das mãos na lapela do casaco e a outra não nas costas, e também com uma expressão de humorista doentio no rosto; no fundo era também um hipocondríaco incurável. De vez em quando lançava uma palavra ou outra no meio da conversa, que podia versar sobre política, promoções ou histórias indecentes. Estava sempre a par daquilo que era dito, por mais que desse a impressão de perder-se em seus pensamentos; mas não bebia quase nada, e tampouco fumava.

Porém às vezes também acontecia de estar com um humor diferente.

Nessas ocasiões o escriturário era o rei da diversão.

Certa vez, ainda crianças, divertíamo-nos à beça no quarto durante uma comemoração de Natal: brincávamos e bagunçávamos muito à vontade. O escriturário, que naquela noite havia se queixado mais do que o habitual em relação à dor de cabeça persistente, tinha saído do banheiro masculino e ido ao nosso encontro no quarto das crianças, onde se acomodou num canto, apoiou a cabeça nas mãos e pôs-se a observar nossas brincadeiras. Ele parecia um velhinho doente e sábio de cabelos grisalhos e barba feita à moda Napoleão III que não estava à vontade em lugar nenhum – fosse na companhia das crianças ou dos adultos. Quando por fim chamaram-nos para a ceia, tivemos a ideia de ir marchando à sala de jantar. Entramos numa longa fileira, com os rostos afogueados e quentes; eu ia na frente, embora fosse o mais alto. Ao chegar, fomos recebidos com uma série de gargalhadas. Dei meia-volta, porque não imaginei que a nossa marcha, por si mesma, pudesse ser causa de tamanha diversão. Nunca vou me esquecer do que vi naquele instante. No final da nossa fileira, o pequeno escriturário chegava aos saltitos. E saltitava muito bem; os óculos moviam-se para cima e para baixo naquele grande nariz curvo, que parecia grande demais para um homem tão pequeno. Num primeiro momento eu congelei; não entendi como podiam rir daquilo, mas logo também comecei a rir. Quando notou a alegria causada por aquele rompante – a esposa dava barrigadas de tanto rir –, o escriturário continuou a saltitar por mais um tempo; e chegou a completar duas voltas saltitando ao redor da mesa, sozinho.

Meus olhos procuraram instintivamente o filho dele, um rapaz de quinze anos, como eu. Ele havia se afastado e se postado num canto escuro.

Quando o escriturário parou de saltitar, o rapaz começou a falar com o meu pai sobre o tio materno, um ministro da suprema corte que, segundo notícias publicadas nos jornais, logo participaria de uma reunião de estado com o rei.

O BOBO

Ontem vi um rosto conhecido ao caminhar pela rua. Estava pálido e cansado, mas os traços eram distintos e marcantes.

Eu não sabia o nome daquele homem. Mesmo assim, tinha certeza de já o ter visto antes, talvez muito tempo atrás, embora eu não me lembrasse quando nem em que ocasião. Esse rosto despertou o meu interesse sem que eu soubesse explicar por quê, e assim vasculhei todas as velhas lembranças nas câmaras da memória na tentativa de identificá-lo, sem nenhum sucesso.

À noite eu fui ao teatro. Para minha surpresa, reencontrei-o no palco, em um papel coadjuvante. A caracterização era leve; reconheci-o prontamente e então procurei-o no programa. Encontrei o nome, mas para mim era um nome desconhecido. Acompanhei a ação com profundo interesse. Ele interpretava um criado estúpido e ridículo, que todos faziam de bobo. O papel era tão lamentável quanto a peça, e ele representava de maneira automática e convencional; mas a voz às vezes ganhava uma entonação amarga e ríspida, que não se adequava ao papel.

Essa entonação continuou a ressoar em meus ouvidos até tarde da noite, quando fiquei andando de um lado para o outro em meu quarto. Graças a essa ajuda, enfim pude escavar a lembrança que eu tinha daquele homem. Lembrei que tínhamos sido colegas de escola; mas ele era bem mais novo do que eu. Quando eu estava nos anos finais, ele ainda estava nos iniciais.

*

No último ano da escola houve um dia em que eu estava na janela, quase no fim do intervalo matinal. Os intervalos na escola tinham para mim um spleen muito característico: eu não conseguia fazer nada. Eu sabia que não conseguia resolver o dever de casa, e tampouco queria estudar. A leve angústia que eu sentia em relação à aula seguinte era sempre vencida por uma angústia maior, a angústia em relação à vida, em relação ao sentimento constante de que os dias à minha espera seriam vazios e desprovidos de sentido, como aqueles que já haviam passado...

Assim comecei a andar com as mãos no bolso do casaco, incapaz de fazer o que quer que fosse, parando de vez em quando em frente à janela aberta. Numa dessas vezes minha atenção foi capturada por uma cena estranha que ocorria no pátio, logo abaixo da janela. Um menino das turmas iniciais, com não mais do que dez ou onze anos, estava deitado de costas, rodeado por vários outros meninos dispostos em círculos. Os rostos tinham quase todos aquela expressão de curiosidade maligna, que as crianças e os rústicos não sabem esconder. Um menino de ombros largos e maçãs do rosto marcadas, que dava a impressão de ser muito forte para a idade que tinha, estava no interior do círculo com uma vara na mão.

– Você é meu escravo, não? – ele disse para o menino no interior do círculo. – Diga: "Eu sou seu escravo"!

– Eu sou seu escravo – o outro menino respondeu sem hesitar; pude notar que não era a primeira vez que repetia aquelas palavras.

– Levante-se – ordenou o outro.

O menino se levantou.

– Imite B. chegando para dar aula.

B. era um professor que andava de muletas. O menino saiu do círculo, que se abriu para dar-lhe espaço; depois voltou ao palco improvisado e, com os braços e as pernas, fez os movimentos de uma pessoa que anda de muletas. Era uma imitação muito boa; a ilusão era total, e o público rejubilou-se, mas o pequeno ator manteve uma expressão séria. Ele tinha um rosto pálido e usava roupas pretas. Talvez houvesse perdido o pai ou a mãe pouco tempo atrás.

– Ria! – ordenou o outro, como um leve brandir da vara que tinha na mão.

O menino tentou obedecer, mas não foi nada fácil. A risada soou a princípio forçada, porém logo ele passou a rir uma risada que soava totalmente realística e natural. Depois, virou-se em direção ao "senhor", como se risse dele. Mas o senhor já queria outro número do escravo.

– Diga: "Meu pai é um lixo imprestável".

O menino olhou ao redor com um olhar desesperado. Ao ver que ninguém fazia menção de ajudá-lo, e que todos estavam à espera de um número muito engraçado, ele disse com a voz mais baixa possível:

– Meu pai é um lixo imprestável.

Mais uma vez houve júbilo intenso.

– Ria! Chore!

O menino começou a fingir que chorava, mas nesse mesmo instante também lhe ocorreu que tinha recebido ordens para fazer aquilo. O choro a princípio ficou engasgado na garganta, e em seguida ele começou a chorar lágrimas reais.

– Deixem-no em paz – disse um menino mais velho. – Ele está chorando de verdade.

No mesmo instante a campainha tocou.

*

Dias mais tarde ele passou por mim ao voltar da escola. Notei que tinha o casaco amarrotado nas costas.

– Espere um pouco – eu disse. – O seu casaco está amarrotado nas costas.

– Não – ele respondeu –, não está amarrotado. Simplesmente cortaram o meu casaco com um canivete.

– E também foram eles que sujaram esse livro aqui? – perguntei.

– É. Eles jogaram o livro na sarjeta.

– Por que tratam você tão mal?

– Não sei. Eles são mais fortes do que eu.

Para ele não havia nenhum outro motivo. Mas não podia ser isso; deviam ter percebido naquele menino um motivo de irritação. Dava para ver que não era como os outros. Qualquer tipo de exceção ou desvio é sempre irritante para as crianças e para o populacho. As excentricidades de um menino em idade escolar são punidas na sala de aula com uma advertência bem-intencionada ou um gracejo seco do professor; mas os colegas o punem com socos e chutes e deixam-no com o nariz sangrando e o casaco rasgado, põem-lhe a touca na saída de uma calha e jogam-lhe o livro mais bonito na sarjeta.

*

Hoje ele é ator; deve ter sido predestinação. Do palco, fala para um grande público. Seria estranho que não lograsse êxito na carreira; a mim parece que não lhe falta talento. Talvez no futuro possa transformar a exceção que representa no paradigma que venha a servir de modelo para que outros se declinem, como tímidos verbos regulares.

PESADELO

Essa noite eu tive um sonho.

– Uma fileira infinita de cômodos; cômodos altos, cômodos silenciosos. Tudo estava vazio e abandonado – com uma camada grossa de pó sobre móveis e lambris – e gravuras ridículas nas paredes. Há um silêncio surdo, um silêncio como que da audição perdida; em vão tento ouvir os sons dos meus arredores. Tudo parece muito esquecido e muito abandonado: ponho-me a imaginar um homem excepcionalmente rico, com tantas propriedades e castelos que nem ao menos recorda-os todos – aquele é um dentre os esquecidos. Também pode ser que ele tenha acabado velho e caduco... Mas e quanto a mim? O que estou fazendo aqui, e como foi que entrei? Esqueci. Justo eu, que tinha um assunto importante a tratar na cidade, embora não lembre mais do que seria... Havia uma estranha penumbra amarelada. Mas era pleno dia: como tudo poderia estar às escuras?

O crepúsculo me põe angustiado.

Esforço-me para distinguir os objetos ao meu redor; tento me reconhecer. Percebo que já estive antes naquele lugar, muitas vezes, e que eu devia

102

estar familiarizado; mas para mim é impossível recuperar as memórias. É um sentimento como aquele que temos ao tentar lembrar de um nome, uma palavra, uma expressão que talvez já tenhamos empregado muitas vezes; sentimos como se estivesse na ponta da língua, mas não encontramos nada.

– Fileiras de cadeiras rígidas de espaldar alto. Mais ao fundo, em meio à penumbra, um cravo mostra os dentes. Chego mais perto e tenho vontade de tocar acordes; mas não consigo tirar nenhum som das cordas, e há uma grossa camada de pó sobre as teclas. Há uma cartola antiga e empoeirada em cima do cravo. Que ridículo: minhas iniciais estão bordadas no interior. Examino o chapéu mais de perto. É o meu chapéu, o mesmo que comprei ainda esses dias na Fredsgatan; como veio parar aqui, e por que está de repente tão velho? Parece anacrônico. A copa se estreita no topo, e a aba é larga a ponto de parecer ridícula!

Eu teria chorado, se pudesse.

– Silêncio... Uma voz grita meu nome ao longe. Prossigo. Será que essa fileira de cômodos não tem fim? Será que não se chega nunca ao último, que não existe saída?

Mais uma vez o meu nome. A voz deve estar próxima, aqui neste mesmo andar. Quero me apressar, quero pôr-me a correr; porém minhas pernas cedem e preciso fazer um grande esforço para me arrastar em frente.

Devo estar no cômodo mais ao fundo. É uma torre octogonal. Mas não há saída. Preciso voltar por todos aqueles cômodos vazios.

Pela terceira vez o meu nome!

Quem me chama? Quem me chama? Está lá no canto; no fundo da penumbra. Uma cama larga com dossel pesado. Um velho de rosto amarelo como cera me observa deitado, com olhos arregalados e cansados, brilhantes como vidro – como vidro –

Por que esse velho parece tão solitário e tão esquecido? Por que esse velho está deitado...?

Sinto todo o meu corpo enrijecer. Sem dúvida estou paralisado. Faço uma tentativa de movimento. Não consigo sequer puxar a cortina que há pouco afastei com a mão esquerda.

Eu sou jovem, ele é velho. Eu sou eu e ele é ele. E assim mesmo ele é eu.

O homem na cama... sou eu. Sou eu.

Por uma eternidade fico preso ao lado da cama, fitando a mim mesmo.

*

Estou ao ar livre.

Uma paisagem nebulosa com lavouras verde-pálidas, onde o grão balança como que por conta própria, uma vez que nenhum vento sopra; tudo está tranquilo como à noite.

Puxei uma espiga sem pensar em nada. A estrada seguia, branca e estreita, em meio às lavouras. O grão erguia-se à minha altura de ambos os lados.

De repente ouvi uma voz gemer e lamentar-se nas proximidades. Andei mais um pouco, entre indiferente e assustado, e tentei dizer a mim mesmo que eu não ouvira nada, que aquilo não tinha sido mais do que um equívoco.

Mas os lamentos tornaram-se cada vez mais altos, e pareciam estar bem ao meu lado. Não pude seguir em frente. Minhas pernas recusaram-se a me carregar. Tive o pressentimento de estar à beira de um episódio doloroso que, não obstante, eu já vivenciara antes, muito tempo atrás.

Afastei o grão alto com as mãos. No chão havia um velho, que se contorcia gemendo de vez em quando. Eu não o reconheci e não me lembrava de tê-lo visto antes. Segurei-o por baixo dos braços e o ajudei a sentar. No instante seguinte o velho estava em meus braços, com a cabeça pendente e o olhar vazio; porém logo, com um grito repentino – um grito penetrante e terrível – desvencilhou-se de mim e caiu no chão, rígido e pesado como um tronco.

Olhei ao redor e para minha surpresa notei que eu não estava sozinho; ao redor havia muitas pessoas, e todas riam de mim. Um senhor gordo, que tinha um semblante carismático e bem-intencionado, deu um tapa na perna e riu até ficar com o rosto vermelho como fogo.

Fiquei surpreso e furioso. Eu não conseguia saber do que estariam rindo. E então, como que por acaso, voltei o olhar para o morto que se estendia rígido e pesado no chão, com os olhos brilhantes fixos no nada.

Aquele era eu – eu – eu –

MATAR

Está escrito: não matarás.

Sabemos todos que muitas vezes é preciso matar. Mas talvez assim mesmo essas palavras façam sentido. Apesar da camada de pó que turvou meu juízo após tantos anos passados na guerra da existência, por vezes ainda estremeço ao pensar em certos assassinatos que cometi. Já não me recordo de todos. Uns foram de fato necessários, e desses não me arrependo.

Mas entre aqueles cometidos por maldade ou capricho, me lembro principalmente de um passarinho, uma aranha e uma raposa.

*

As crianças são em boa parte más. Ainda criança, eu me dava com um menino que era ainda pior do que eu. Ele me ensinou a atirar com estilingue. Durante o veraneio, íamos todos os dias à floresta; e não podíamos ver um passarinho cantando no galho sem no mesmo instante colocar uma pedra no estilingue e disparar. Porém quase nunca acertávamos. Como outros animais, os passarinhos aprenderam a tomar cuidado em relação aos homens, e mal conseguíamos fazer a mira antes que disparassem como flechas em meio ao azul. Esse azar constante nos tornou incrivelmente maus, e para nós passou a ser questão de honra matar um passarinho, fosse como fosse.

Até que um dia aconteceu – não na floresta, mas em um recanto do pátio que pertencia à cabana de veraneio onde estávamos: num arbusto, vimos um filhote de passarinho que ainda não tinha aprendido a voar, mas simplesmente saltitava de galho em galho. Sem hesitar por um instante sequer, chegamos o mais perto possível e disparamos os nossos estilingues. O passarinho caiu no chão – mas ainda não estava bem morto. Havia caído na grama com o bico entreaberto, e no interior do bico a linguinha ainda se mexia. Os olhos também estavam vivos. Ficamos confusos e vermelhos de vergonha, e olhamos um para o outro. O que fazer? Será que devíamos matá-lo? E depois, o que fazer com um passarinho morto?

– Logo ele vai terminar de morrer – disse o meu amigo.

– É – eu disse. – Ele não vai sobreviver.

Sentimos que nenhum de nós teria coragem de voltar a tocá-lo.

O sol não havia se escondido por trás das nuvens, e o canto dos pássaros soava por todos os lados em meio às árvores. Afastamo-nos sem olhar um para o outro, e nunca mais brincamos naquele recanto do pátio.

*

Por que eu matei aquela aranha? Não foi por maldade, mas por impulso, porque ela me assustou.

*

Foi em Hamburgo. Eu estava sozinho num quarto de hotel, lendo um livro. A luz elétrica espalhava-se branca e fria sobre as páginas brancas do meu livro. Eu tinha acendido todas as lâmpadas do quarto. Tudo estava em silêncio ao meu redor, a não ser pelos sons do relógio de pêndulo que tiquetaqueava no friso da estufa e das páginas que eu folheava. Era um entardecer nebuloso de outono, e todos os vapores insalubres da cidade entravam no meu quarto e envenenavam-me o humor. De vez em quando eu tirava os olhos da página e mirava a janela: as águas do Alstern em meio à neblina, a luz dos lampiões a gás na Lombardsbrücke...

*

De repente senti uma coisa na minha mão. Era uma aranha enorme, gorda e peluda, que subiu pela minha mão e desceu por cima do meu livro. Quando viu que eu a encarava, ela pôs-se a correr.

Levantei-me de sobressalto e atirei o livro longe, pálido de medo. Mas a aranha já tinha descido pela minha perna e chegado ao chão, onde rolava como um novelo a uma velocidade impressionante, como se tivesse fogo nas patas. Senti que eu precisava matá-la em legítima defesa. Peguei o livro do chão, joguei-o em cima da aranha e a esmaguei.

Como é mesmo? Não existe uma antiga crendice segundo a qual não se deve jamais matar uma aranha?

Não me atrevi a mexer no livro. Nunca mais tornei a lê-lo.

Eu precisava ver outra pessoa... Fui até a porta e toquei a campainha para chamar o serviço de quarto.

Quando o garçom chegou, encarei-o surpreso antes de improvisar:

– Traga-me uma dose de uísque.

*

A raposa eu matei porque tinha uma espingarda na mão quando a vi. Para mim parecia óbvio que eu devia matar uma raposa se a encontrasse na floresta e tivesse uma espingarda na mão.

Foi no inverno. Vinha nevando há dias, e há dias eu saía para a floresta com uma antiga espingarda e um poodle preto chamado Gustav. Mas eu não saía para caçar. Às vezes eu atirava nas pinhas dos abetos para me distrair e para acalmar o ânimo de Gustav, que a cada disparo saltava e latia de encanto com o estampido. Ele não se assustava, porque não sabia que uma espingarda é um instrumento de morte.

Certo dia, quando começava a escurecer, vi uma pequena raposa. Ela tinha visitado as lojas da cidade e naquele momento voltava para casa com uma galinha carijó na boca. Escondi-me atrás de um arbusto de zimbro e a raposa passou correndo bem ao meu lado, sem me ver. Mirei e fiz o disparo. Por quê? É o que se costuma fazer.

A raposa ainda correu mais uns passos à frente, como se nada tivesse acontecido. Depois parou de repente, como se estivesse surpresa, e largou a galinha. E, com um uivo débil e angustiado, deitou-se na neve e morreu. Gustav, o poodle preto, que ainda era filhote, correu encantado e começou a latir alegremente enquanto mordiscava a orelha da raposa. Mas no instante seguinte entendeu que aquele outro animal estava morto. Uma sombra indescritível e uma expressão desesperada tomaram conta daqueles olhos pretos e brilhosos. Por fim ele voltou até mim, com a cauda baixa, e começou a ganir baixinho.

Deixei a raposa por lá e voltei para casa, pois eu sentia muito frio.

No dia seguinte percorri o mesmo caminho, porque aquele era o meu trajeto preferido. Eu caminhava assoviando baixo, sem pensar no dia anterior. Mas de repente parei: no chão à minha frente havia uma raposa morta. Os corvos haviam bicado os olhos, que estavam ensanguentados.

Detive-me por um instante e fiquei olhando para a raposa enquanto eu ouvia o som de dois galhos que se roçavam ao vento.

– Uma raposa viva é mais bonita do que uma raposa morta – eu disse de mim para mim.

E a partir de então busquei outros caminhos.

UM CACHORRO SEM DONO

Um homem morreu, e depois que estava morto ninguém cuidou de seu cachorro preto. O cachorro lamentou a perda por um longo e amargo tempo. Mesmo assim, não se deitou para morrer junto ao túmulo do dono, talvez porque não soubesse onde ficava, ou talvez porque no fundo fosse um cachorro jovem e alegre, que ainda imaginava ter certas contas em haver com a existência.

Existem dois tipos de cachorro: os que têm dono e os que não têm. No exterior a diferença não é muito perceptível; um cachorro sem dono pode ser tão gordo quanto outro qualquer, e às vezes até mais. Não, a diferença se manifesta de outra forma. O homem representa para o cachorro a providência, o infinito. Um dono a quem obedecer, a quem seguir, em quem se fiar: eis, por assim dizer, o sentido da vida de um cachorro. Talvez não tenha o dono nos pensamentos a cada instante do dia, e talvez não o siga o tempo inteiro junto dos calcanhares; não, muitas vezes corre por conta própria com uma expressão de quem tem negócios a tratar enquanto fareja os cantos de uma casa e trava relações com os semelhantes e abocanha um osso, se for o caso, e se preocupa com muitas coisas; mas no mesmo instante em que o dono assovia, todos esses pensamentos somem mais depressa do que os estalos do açoite expulsaram os vendilhões do templo; pois o cachorro sabe que apenas uma coisa importa. E assim esquece os cantos da casa, o osso e os camaradas e se apressa em direção ao dono.

O cachorro cujo dono morreu sem que o cachorro soubesse como e foi enterrado sem que o cachorro soubesse onde lamentou a perda por muito tempo; mas, quando dias passaram sem que acontecesse nada capaz de lembrá-lo do antigo chefe da casa, ele o esqueceu. Na rua onde havia morado, o cachorro já não sentia mais o cheiro do dono. Quando corria por um gramado com um camarada, muitas vezes acontecia de um assovio cortar os ares, e no mesmo instante o camarada desaparecia como um vento. O cachorro então apurava o ouvido, mas nenhum assovio parecia o do antigo dono. Então o cachorro o esqueceu, e esqueceu ainda mais: esqueceu até mesmo que um dia havia tido um dono. Esqueceu que em uma outra época não imaginaria sequer possível que um cachorro vivesse sem dono. Tornou-se o que poderia ser descrito como um cachorro que já tinha visto dias melhores, embora apenas em um sentido interior, pois no exterior tinha um aspecto razoavelmente bom. Vivia como vive um cachorro: de vez em quando roubava uma boa refeição no mercado e recebia um castigo, tinha casos amorosos e deitava-se para dormir quando estava cansado. Tinha amigos e inimigos. Num dia dava uma surra memorável em um cachorro mais fraco do que ele; no outro, levava uma coça violenta de outro cachorro mais forte. Cedo pela manhã podia ser visto correndo pela rua do antigo dono, onde por força do hábito passava a maior parte do tempo. Ele corre em linha reta com uma expressão que sugere um assunto importante a resolver; cheira um cachorro encontrado ao acaso no meio do caminho, mas não se preocupa em levar adiante o contato; e depois aumenta a velocidade, mas de repente senta e coça atrás da orelha com vontade. No instante seguinte dispara e atravessa a rua voando para correr atrás de um gato vermelho até a janela de um porão, mas logo retoma o caminho com a expressão de negócios recomposta para então desaparecer na esquina.

Assim ocupava os dias, e os anos foram passando um atrás do outro enquanto o cachorro envelhecia sem perceber.

Certo dia fez uma tarde nebulosa. Estava úmido e frio, e de vez em quando caía uma pancada de chuva. O velho cachorro tinha ocupado o dia inteiro com um passeio na cidade; subiu a rua devagar, mancando um pouco; por duas ou três vezes parou e sacudiu os pelos negros, que com o passar dos anos tinham ganhado pontinhos cinzentos ao redor da cabeça e do pescoço. Como de costume, seguiu andando e farejando ora à esquerda, ora à direita; por fim espichou o caminho entrando em um portão, e ao sair tinha a companhia de um outro cachorro. No instante seguinte apareceu um terceiro. Eram cachorros jovens e alegres, e queriam convencê-lo a brincar; mas ele estava de mau humor, e além do mais começou a cair uma tempestade. Então um assovio cortou os ares, um assovio longo e distinto. O velho cachorro olhou para os dois jovens, mas nenhum deles prestou atenção; não era o assovio de seus donos. Nesse instante o velho cachorro sem dono apurou o ouvido; de repente sentiu-se muito estranho. Logo veio um novo assovio, e o velho cachorro deu um pulo para um lado e em seguida para o outro sem saber o que fazer. Era o assovio do antigo dono, e ele precisava segui-lo! Pela terceira vez se ouviu o assovio distinto e constante. Mas onde estaria ele, para que lado? Como pude me separar do meu dono? Quando foi que aconteceu – ontem ou anteontem? Ou talvez um pouco antes? E como era o meu dono, e que cheiro tinha, e onde estará agora, onde? O cachorro correu ao redor e cheirou todos os passantes, mas ninguém era o seu dono, e ninguém queria ser. Então se virou e correu rua afora; na esquina, parou e olhou para todos os lados. O dono não estava lá. Então voltou pela rua a galope; estava sujo de barro, e a chuva escorria dos pelos. Deteve-se em todas as esquinas, mas o dono não estava em lugar nenhum. Então sentou-se num cruzamento, estendeu a cabeça peluda em direção ao céu e uivou.

Você já viu, já ouviu um desses cachorros sem dono que estendem a cabeça em direção ao céu e uivam, uivam? Os outros cachorros se afastam aos poucos com o rabo entre as pernas; afinal, não têm nenhum consolo e nenhuma ajuda a oferecer.

NOTA SOBRE OS TEXTOS

Sete contos que integram este volume foram publicados anteriormente em periódicos literários e acadêmicos, e são agora republicados em versão revista. As informações sobre as publicações originais encontram-se reunidas abaixo:

• "A alcachofra". Nota do tradutor. Edição 5. Florianópolis: Revista Literária em Tradução, 2012. ISSN: 2177-5141.
• "Matar". Revista Aboio 2: Festa. Aboio. São Paulo: Aboio, 2023. ISBN: 9786585892070.
• "O casaco de pele". In-Traduções. Vol. 4, número 6. Florianópolis: Editora da UFSC, 2012. ISSN: 2176-7904.
• "O desenho a nanquim". Arte e letra: Estórias. Edição P. ISSN: 1982-9221.
• "Spleen". Nota do tradutor. Edição 5. Florianópolis: Revista Literária em Tradução, 2012. ISSN: 2177-5141.
• "Spleen". Revista Aboio 2: Festa. Aboio. São Paulo: Aboio, 2023. ISBN: 9786585892070.
• "Um cachorro sem dono". Nota do tradutor.

Edição 5. Florianópolis: Revista Literária em Tradução, 2012. ISSN: 2177-5141.

• "Vox populi". Arte e letra: Estórias. Edição P. Curitiba: Arte e Letra, 2012. ISSN: 1982-9221.

Os demais textos que compõem *Historietas* foram traduzidos especialmente para esta edição, onde são publicados pela primeira vez.

CARA LEITORA, CARO LEITOR

A **Aboio** é um grupo editorial colaborativo.

Começamos em 2020 publicando literatura de forma digital, gratuita e acessível.

Até o momento, já passaram pelos nossos pastos mais de 500 autoras e autores, dos mais variados estilos e nacionalidades.

Para a gente, o canto é conjunto. É o aboiar que nos une e que serve de urdidura para todo nosso projeto editorial.

São as leitoras e os leitores engajados em ler narrativas ousadas que nos mantêm em atividade.

Nossa comunidade não só faz surgir livros como o que você acabou de ler, como também possibilita nos empenharmos em divulgar histórias únicas.

Portanto, te convidamos a fazer parte do nosso balaio!

Todas mundo que apoia as pré-vendas da **Aboio**:

—— **têm o nome impresso nos agradecimentos de todas as cópias do livro;**

—— **são convidadas a participarem do planejamento e da escolha das próximas publicações.**

Fale com a gente pelo portal **aboio.com.br,** ou pelas redes sociais (**@aboioeditora**), seja para se tornar uma voz ativa na comunidade **Aboio** ou somente para acompanhar nosso trabalho de perto!

Vem aboiar com a gente. Afinal: **o canto é conjunto.**

APOIADORAS E APOIADORES

146 pessoas apoiaram o nascimento desse livro. A elas, que acreditam no canto conjunto da **Aboio**, estendemos os nossos agradecimentos.

Adriane Figueira
Alexander Hochiminh
Aline Amorim de Assis
Allan Gomes de Lorena
André Balbo
André Costa Lucena
André Pimenta Mota
Andreas Chamorro
Andressa Anderson
Anthony Almeida
Antonio Pokrywiecki
Arthur Lungov
Augusto Bello Zorzi
Bianca Monteiro Garcia
Caco Ishak
Caio Balaio
Caio Girão
Caio Narezzi
Calebe Guerra
Camila do
    Nascimento Leite
Camilo Gomide

Carla Guerson
Carlos Gustavo Galvão
Carolina Nogueira
Cecília Garcia
Cintia Brasileiro
Claudine Delgado
Cleber da Silva Luz
Cristina Machado
Daniel Dago
Daniel Dourado
Daniel Giotti
Daniel Guinezi
Daniel Leite
Daniela Rosolen
Danilo Brandao
Dayane Manfrere Alves
Denise Lucena
    Cavalcante
Dheyne de Souza
Diogo Cronemberger
Diogo Mizael
    Motta Teodoro

Eduardo Henrique
Valmobida
Eduardo Nasi
Eduardo Rosal
Enzo Vignone
Eric Muccio
Fábio José da
Silva Franco
Febraro de Oliveira
Fernandes Filho
Fernando da
Silveira Couto
Flávia Braz
Flávio Ilha
Francesca Cricelli
Francisco
Bernardes Braga
Frederico da Cruz
Vieira de Souza
Gabo dos livros
Gabriel Cruz Lima
Gabriel Stroka Ceballos
Gabriela Machado
Gael Rodrigues
Giovani Miguez da Silva
Giselle Bohn
Guilherme Belopede
Guilherme Braga
Gustavo Bechtold

Gustavo Gindre
Monteiro Soares
Henrique Emanuel
Henrique Lederman
Jadson Rocha
Jailton Moreira
Jefferson Dias
Jessica Ziegler
de Andrade
Jheferson Rodrigues
João Godoy
João Luis Nogueira Filho
Júlia Gamarano
Júlia Vita
Juliana Costa Cunha
Juliana Slatiner
Juliane Carolina
Livramento
Júlio César Bernardes
Laís Araruna de Aquino
Laura Redfern Navarro
Leitor Albino
Leonardo Pinto Silva
Leonardo Zeine
Lolita Beretta
Lorenzo Cavalcante
Lucas Ferreira
Lucas Lazzaretti
Lucas Prado

Lucas Verzola
Luciano Cavalcante
Luciano Dutra
Luis Felipe Abreu
Luísa Machado
Manoela Machado
Marcela Monteiro
Marcela Roldão
Marco Bardelli
Marco Giannelli
Marcos Roberto Piaceski
Marcos Vinícius Almeida
Marcos Vitor Prado
Maria C. R.de Godoy
Maria Fernanda
Vasconcelos de Almeida
Maria I. F. Porto Queiroz
Mariana Donner
Mariana Figueiredo
Marina Lourenço
Marlene B. P. P. da Silva
Marylin Lima
Mateus Magalhães
Mateus Penedo Naves
Matheus Picanço Nunes
Maurício Bulcão
Mauro Paz
Menahem Wrona
Milena Martins Moura

Minska
Monteiro Soares
Natalia Timerman
Natália Zuccala
Natan Schäfer
Otto Leopoldo Winck
Paula Maria
Paulo Scott
Pedro Torreão
Pietro Portugal
Rafael Mussolini
Ricardo Kaate Lima
Roberta Lavinas
Rodrigo Barreto
Samara Belchior da Silva
Sergio Mello
Sérgio Porto
Thais F. de Lorena
Thassio G. Ferreira
Thiago Henrique Guedes
Tiago Bonamigo
Tiago Moralles
Valdir Marte
Weslley Silva Ferreira
Yuri Deliberalli
Yuri Phillipe Freitas
Yvonne Miller

Coleção
Norte-Sul

1   *Noveletas*, Sigbjørn Obstfelder
2   *Mogens*, Jens Peter Jacobsen
3   *Contos de Natal e neve*, Zacharias Topelius
4   *Historietas*, Hjalmar Söderberg

Organização & Tradução
Guilherme da Silva Braga

EDIÇÃO

Camilo Gomide

Leopoldo Cavalcante

PREPARAÇÃO

Mariana Donner

REVISÃO

Marcela Roldão

CAPA

Luísa Machado

PROJETO GRÁFICO

Leopoldo Cavalcante

2024 © da edição Aboio. Todos os direitos reservados
© da tradução Guilherme da Silva Braga. Todos os direitos reservados

The cost of this translation was supported by a subsidy from the Swedish Arts Council, gratefully acknowledged.

KULTURRÅDET

Grafia atualizada segundo o Acordo Ortográfico da Língua Portuguesa de 1990, que entrou em vigor no Brasil em 2009.

Os personagens e as situações desta obra são reais apenas no universo da ficção: não se referem a pessoas e fatos concretos, e não emitem opinião sobre eles.

Dados Internacionais de Catalogação na Publicação (CIP)
Aline Graziele Benitez — Bibliotecária — CRB-1/3129

Söderberg, Hjalmar, 1869-1941
   Historietas / Hjalmar Söderberg ; tradução Guilherme da Silva Braga. -- São Paulo : Aboio, 2024. -- (Coleção norte-sul)

   Título original: Historietter.
   ISBN 978-65-85892-21-6

   1. Contos suecos I. Título. II. Série.

24-194508   CDD-839.73

Índices para catálogo sistemático:
1. Contos : Literatura sueca

[2024]

Todos os direitos desta edição reservados à:
ABOIO EDITORA LTDA
São Paulo — SP
(11) 91580-3133
www.aboio.com.br
instagram.com/aboioeditora/
facebook.com/aboioeditora/

[Primeira edição, maio de 2024]

Esta obra foi composta em Vollkorn e Adobe Text Pro.
O miolo está no papel Pólen® Natural 80g/m².
A tiragem desta edição foi de 500 exemplares.
Impressão pelas Gráficas Loyola (SP/SP)

A marca FSC® é a garantia de que a madeira utilizada na fabricação do papel deste livro provém de florestas que foram gerenciadas de maneira ambientalmente correta, socialmente justa e economicamente viável, além de outras fontes de origem controlada.